Kleinkinder Kochbuch

Kochen für Kleinkinder leicht gemacht mit 150 nahrhaften und leckeren Rezepten für Kinder und Babys.

Gesunde Ernährung mit Beikost, Brei(frei) & Vollwertkost für jede Tageszeit

2. Auflage

ISBN: 9798720083298

Inhaltsverzeichnis

Gerichte mit Fisch ... 64

Vegetarische Gerichte

Suppen und Eintöpfe 116

Süße Gerichte 142

Was sollte im Allgemeinen bei der Ernährung beachtet werden?

Zu Beginn ist es wichtig, zu erwähnen, dass die Ernährung von Kleinkindern kein Hexenwerk ist. Sie können also erstmal durchatmen. Fast alles (bis auf kleine Ausnahmen), was gut für Sie ist, ist es auch für Ihr Kind. Im Allgemeinen ist es wichtig, dass Sie Ihren Sprössling ausgewogen und nährstoffreich ernähren. Es geht primär darum, dem Kind alles zu geben, was es für eine gesunde Entwicklung benötigt. Werden Kinder nicht ausreichend mit Nährstoffen versorgt, sind sie unter anderem stressanfälliger, was den Umgang mit Gleichaltrigen erschweren kann. Stress kann sich bei Kindern, wie auch bei Erwachsenen, auf das Essverhalten legen. So gibt es bei Kindern auch die „Stressesser" oder jene, denen der Stress jegliche Form von Appetit verdirbt. Gleiches gilt für die Bewegung. Wobei hier wichtig zu erwähnen ist, dass Bewegung hilft, Stresshormone abzubauen. Sie sollten demnach auch darauf achten, dass Ihr Kind sich aus-reichend bewegt. Da es für die Kleinen auf der Welt besonders viel zu entdecken gibt, ist ihr Bewegungsdrang normalerweise sehr intensiv ausgeprägt. Der positive Nebeneffekt davon ist, dass sich Sättigungs– und Hungergefühle automatisch regulieren.

Sehr aktive Kinder brauchen sehr viel Energie, verbrauchen diese aber auch schnell wieder. Essen die Kleinen zu viel, nehmen sie zu, wollen sie nicht essen, nehmen sie ab. Gerade bei kleinen Kindern ist es von daher besonders wichtig, im Blick zu haben, was und wie viel sie essen, da sie es selbst noch nicht regulieren können. Geben Sie Ihren Kindern nur Süßes und Fastfood, ist es nur eine Frage der Zeit, bis sie übergewichtig sind. Nehmen Sie sich also die Zeit und kochen Sie frisch und ausgewogen.

Gerade bei kleinen Kindern ist der Geschmack noch sehr variabel. Bringen Sie ihnen also so früh wie möglich auch Lebensmittel nahe, die Kinder „nicht mögen". Versuchen Sie ebenfalls, ab und an Lebensmittel zuzubereiten, die Sie selbst vielleicht nicht so gern essen. Sie müssen Ihren Kindern nicht zwingend Ihre Angewohnheiten mitgeben. Und wer weiß, vielleicht entdecken Sie dadurch auch neue Lebensmittel für sich! Ansonsten können Sie sich grob daran orientieren, was kulinarisch gesehen auch für Sie gilt. Die richtige Ernährung wird auf den folgenden Seiten noch detaillierter beschrieben.

Welche Lebensmittel sind ungeeignet?

Kurz gesagt: Alles, woran sich Kinder verschlucken könnten. Bei Kleinkindern sollten Sie kleine, runde Lebensmittel wie Bonbons, Kaugummi, Nüsse oder Samen vermeiden. Vermeiden Sie auch Weintrauben mit Kernen und rohes Wurzelgemüse. Ebenso sind Fischsorten mit Gräten sowie im Allgemeinen roher Fisch oder rohes Fleisch für kleine Kinder ungeeignet. Warten Sie mit solchen speziellen Lebensmitteln, bis Ihr Nachwuchs etwas größer ist.

Achten Sie auch darauf, Speisen nur sehr sparsam zu süßen bzw. zu salzen. Geben Sie Ihren Kindern keine süßen Getränke, sondern greifen Sie lieber auf ungesüßte Tees und stilles Wasser zurück. Natürlich darf es auch mal ein Glas Saft sein, nur eben nicht immerzu. Wenn Ihre Kinder Saft sehr gern trinken, dann verdünnen Sie diesen mit etwas Wasser.

Versuchen Sie, Ihren Kindern vor allem Obst und Gemüse schmackhaft zu machen. Diese sind besonders reich an Vitaminen und wichtigen Nährstoffen. Außerdem tragen sie maßgeblich zu einer positiven Entwicklung der Kinder bei. Falls Ihre Kinder nicht so begeistert davon sein sollten, versuchen Sie diese Lebensmittel in Gerichten, die Ihre Kinder mögen, zu verbauen oder besonders schön anzurichten. Denn vor allem bei Kindern gilt: Das Auge isst mit. Hat etwas eine schöne Form oder sieht besonders hübsch aus, weckt es das Interesse der Kinder und Sie erhöhen die Chance, dass sie es essen. Versuchen Sie, ab und zu Kuhmilch durch pflanzliche Alternativen zu ersetzen und finden Sie somit heraus, was Ihre Kinder mögen. Greifen Sie generell bevorzugt auf pflanzliche Lebensmittel zurück. Und bitte auch Süßigkeiten als Ausnahme ansehen! Alles, was Sie Ihren Kindern bereits in jungen Jahren angewöhnen, lässt sich später umso schwerer wieder abgewöhnen, gerade, wenn es um festgefahrene Essgewohnheiten geht.

Einführung fester Nahrung

Da Ihr Kind mit der Zeit aufhören wird, nur (Mutter-)Milch zu konsumieren, ist es wichtig, dass Sie sich rechtzeitig Gedanken über die Zubereitung von fester Nahrung machen. Überlegen Sie, ob Sie selbst Brei kochen wollen, lieber Gläschen kaufen oder eine Mischung aus beidem versuchen möchten. Aber lassen Sie sich nicht stressen! Sie müssen nur dafür sorgen, dass kindgerechte Speisen auf dem Tisch und so langsam auch im Bauch Ihres Kindes landen.

Ab etwa sechs Monaten können Sie damit beginnen, Ihrem Kind festere Nahrung zu geben. Lernen Sie, die Zeichen Ihres Kindes richtig zu deuten. Dadurch sehen Sie, wann es bereit für diesen nächsten größeren Entwicklungsschritt ist. Ein Anzeichen dafür, dass Ihr Kind bereit für feste Nahrung ist, kann beispielsweise sein, dass es nach größeren Mengen Milch immer noch hungrig scheint. Ein gutes Zeichen ist es auch, wenn Ihr Kind die Zunge nach dem Löffel austreckt, wenn Sie versuchen, es zu füttern. Als weitere Faustregeln gelten, dass das Kind sein Geburtsgewicht in etwa verdoppelt haben sollte, es in der Lage ist, seinen Kopf eigenständig zu halten und, so gut es geht, allein aufrecht sitzen kann.

Erste festere Nahrung bitte immer mit einem Löffel, nie mit einer Gabel oder anderem spitzen Besteck, geben. Sprechen Sie beim Füttern leise mit Ihrem Kind und reden Sie ihm gut zu. Die Nahrungsaufnahme erfordert aufgrund der vielen neuen Eindrücke sehr viel Konzentration. Des Weiteren ist es wichtig, dass Sie Ihre eigene Mimik kontrollieren können. Klingt erstmal komisch, ist aber folgendermaßen zu verstehen: Verziehen Sie das Gesicht, wenn Sie Ihrem Kind zum Beispiel Brokkoli servieren, so signalisieren Sie, das irgendetwas nicht stimmt.

Hören Sie mit dem Füttern auf, wenn Ihr Kind Ihnen zeigt, dass es nichts mehr essen will. Ihr Kind wird es Ihnen durch Wegdrehen des Kopfes oder durch Verschließen des Mundes signalisieren. Essen aufzuzwängen ist zwecklos und Ihr Kind wird es als negative Erfahrung verbuchen.

Zum Schluss noch ein Tipp: Wenn Sie Ihrem Kind Lebensmittel in Stückchenform anbieten, wie Brötchen oder Banane, dann lassen Sie es das Essen ruhig anfassen. So wird die Nahrungsaufnahme ein Erlebnis für alle Sinne und Ihr Kind kann Informationen über die Speisen sammeln.

Die richtige Ernährung für das zweite und dritte Lebensjahr

Allgemein sollten Kinder ab ca. einem Jahr die gleichen Gerichte wie der Rest der Familie essen. So erhöht sich auch die Konzentration der Kinder beim Essen, da sie nicht von anderen Lebensmitteln oder Gerüchen abgelenkt werden. Die Kinder werden beim Essen mit Augen und Händen auf ihrem Teller bleiben, anstatt sich auf das Essen vom Teller der Familienmitglieder zu konzentrieren. Im zweiten und dritten Lebensjahr sollten Sie auf viele pflanzliche Lebensmittel, wie Gemüse, Obst, Getreide, Reis, Brot, Nudeln oder Kartoffeln zurückgreifen. Aus der Gruppe der Kohlenhydrate sollten Kinder in dieser Altersgruppe nicht mehr als 240 g pro Tag zu sich nehmen. Versuchen Sie hierbei auch, viel auf Vollkornprodukte zurückzugreifen, jedoch nicht mehr als 120 g am Tag. Auch Hülsenfrüchte sollten mindestens einmal in der Woche auf den Tisch kommen, da diese sehr reich an Ballaststoffen, Vitaminen und Nährstoffen sind.
Nutzen Sie Fleisch eher als Beilage und nicht als Hauptbestandteil des Gerichtes. Fleisch sollte nicht mehr als 3-mal in der Woche auf den Teller kommen. Da Fisch reich an Omega-3-Fettsäuren ist und diese vom Körper nicht selbst gebildet werden können, sollten Sie diesen Ihren Kindern einmal in der Woche servieren. Hierbei eignet sich vor allem Seefisch, davon reicht schon eine kleine Portion in der Woche. Die Omega-3-Fettsäuren unterstützen die Gehirnentwicklung und beugen Herz-Kreislauf-Erkrankungen vor. Des Weiteren gilt, höchstens 2-mal in der Woche Eier als Essen anzubieten. Auch Milchprodukte bitte nur in Maßen verwenden. Als grobe Orientierung sollten Ihre Kinder nicht mehr als 200 ml Milch pro Tag verzehren und dazu etwa eine Scheibe Käse oder einen Joghurt. Auch auf Fett sollte weitestgehend verzichtet werden; nicht mehr als 15 g am Tag und im Allgemeinen wenig Süßes. Jedoch sollten Sie gute Fette nicht komplett vom Speiseplan verbannen, da diese wichtig für eine gesunde Ernährung der Kinder sind.
Salzen Sie die Speisen, die Sie zubereiten, sehr sparsam. Sie können später immer noch nachsalzen. Nutzen Sie pflanzliche Öle, wie Walnuss- oder Rapsöl, da diese ebenfalls reich an Omega-3-Fettsäuren sind, was Ihrem Kind zu Gute kommen wird.

Die richtige Ernährung im vierten und fünften Lebensjahr

Die Ernährung für Kinder im vierten und fünften Lebensjahr ähnelt im Allgemeinen der der Kinder im zweiten und dritten Lebensjahr. Der Hauptunterschied hierbei ist jedoch, dass die Mengen der Lebensmittelgruppen steigen. Kinder in diesem Alter sollten ca. 70 g Brot zu sich nehmen und etwa 120 g an Nudeln, Reis, Kartoffeln oder Getreideprodukten. Milchprodukte sollten Sie Ihren Kindern immer noch nur in Maßen servieren. Der Richtwert liegt hier bei ca. 350 ml am Tag. Zur groben Orientierung: eine Scheibe Käse à 15 g beinhaltet etwa 100 ml Milch.
Natürlich sollten Sie Zucker auch weitestgehend umgehen, müssen aber nicht ganz auf diesen verzichten. Nicht mehr als 10 g am Tag und etwa 50 g von Lebensmitteln, in denen Zucker verarbeitet wurde, wie Kuchen, Gebäck oder ähnlichem.
Der Orientierungswert für Fleisch liegt bei ca. 45 g pro Tag und auch Fisch sollte sich auf dem Speiseplan Ihrer Kinder wiederfinden. Bei diesem sind 100 g in der Woche ausreichend. Obst und Gemüse sind mit die wichtigsten Bestandteile einer gesunden und ausgewogenen Ernährung. Dabei gibt es kaum ein „zu viel“. Als Orientierungshilfe sind 180 g pro Tag zu empfehlen. Der Verzehr von Eiern sollte etwa 2-mal in der Woche stattfinden. Wenn Sie bei Gerichten etwas braten müssen, greifen Sie auf möglichst wenig Öl oder Butter zurück. Der Richtwert für Fett liegt bei etwa 25 g am Tag.

Frühstück

1. Feigenauflauf mit Haferflocken

Zutaten für 3 Portionen:

- 4 Feigen
- 100 g Haferflocken
- 1 EL Zitronensaft
- 3 EL Wasser
- 200 ml Mandelmilch
- ½ TL Backpulver
- 1 EL gemahlene Leinsamen
- Etwas Öl

Zubereitungszeit: 70 Minuten

Zubereitung:

1. Wasser und Leinsamen mischen und für 30 Minuten beiseitestellen. Eine Auflaufform mit etwas Öl bepinseln. Den Backofen auf 190 °C Umluft vorheizen.
2. Die Feigen in Scheiben schneiden und mit dem Zitronensaft mischen. Haferflocken und Backpulver miteinander vermengen.
3. Feigen in die Auflaufform legen und die Haferflocken darauf verteilen.
4. Leinsamen mit Mandelmilch verrühren und vorsichtig über die Haferflocken geben.
5. Im Backofen für 35 Minuten backen.

2. Kindermüsli mit Beeren

Zutaten für 1 Portion:

- 20 g Haferflocken
- 10 g Knuspermüsli
- 1 TL Sonnenblumenkerne
- 100 g Joghurt
- 40 g Erdbeeren
- 30 g Blaubeeren

Zubereitungszeit: 5 Minuten

Zubereitung:

1. Das Obst waschen und, wenn nötig, zerkleinern.
2. Alle Zutaten in eine Schüssel geben und vermengen.

Tipp: Haferflocken sind reich an Ballaststoffen, somit bleibt Ihr Kind lange satt und ist mit ausreichend Energie versorgt.

3. Overnight Oats

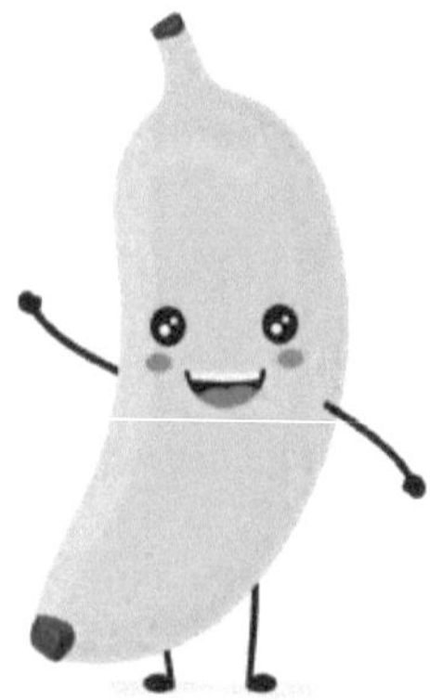

Zutaten für 1 Portion:

- 100 ml Milch
- 3 EL Haferflocken
- 3 EL Instantflocken
- ½ Banane

Zubereitungszeit: 2 Minuten (+ 1 Nacht Kühlzeit)

Zubereitung:

1. Milch und die verschiedenen Flocken in einer Schüssel vermischen und über Nacht in den Kühlschrank stellen.
2. Banane in Stücke schneiden und mit dem Brei servieren.

Tipp: Dieses Rezept eignet sich optimal für Tage, von denen Sie bereits vorher wissen, dass sie sehr stressig werden. Durch die Zubereitung am Vortag sparen Sie sich morgens wertvolle Zeit.

4. Schoko-Porridge

Zutaten für 1 Portion:

- 120 ml Milch
- 3 EL Haferflocken
- Etwas entöltes Kakaopulver
- 1 TL Agavendicksaft
- 50 g Himbeeren

Zubereitungszeit: 10 Minuten

Zubereitung:

1. Alle Zutaten bis auf die Himbeeren in einen Topf geben und aufkochen lassen.
2. Wenn die Masse eine breiartige Konsistenz hat, in eine Schüssel geben und mit den Himbeeren servieren.

Tipp: Sie können auch statt der Himbeeren andere Beeren oder Trauben verwenden.

5. Müsli mit Apfel und Birne

Zutaten für 1 Portion:

- 3 EL Frühstücksbrei
- 3 EL Haferflocken
- 90 ml Milch
- ¼ Apfel
- ¼ Birne
- 20 g Blaubeeren

Zubereitungszeit: 5–10 Minuten

Zubereitung:

1. Flocken mit Brei und Milch vermischen.
2. Das Obst waschen und kleinschneiden. Anschließend mit dem Brei servieren.

Tipp: Nutzen Sie anstelle von Kuhmilch gern pflanzliche Milch, da diese leichter bekömmlich ist.

6. Monstertoast

Zutaten für 1 Portion:

- 1 Scheibe Toastbrot
- 15 g Margarine
- ½ Scheibe Salami
- ½ Scheibe Käse
- 2 Scheiben Gurke
- 1 Olive

Zubereitungszeit: 5 Minuten

Zubereitung:

1. Das Toastbrot toasten und mit Margarine bestreichen.
2. Mit Salami belegen. Käse in Streifen schneiden und so auf die Salami legen, dass es wie Zähne aussieht. Einmal schräg durchschneiden und zusammenklappen, sodass es ein Dreieck ergibt.
3. Gurke auf das Dreieck legen und die Olive einmal in der Mitte zerteilen. Olivenhälften so auf der Gurke platzieren, dass sie wie Augen aussehen.

7. Erdnussbutter-Marmeladentoast mit Obst

Zutaten für 1 Portion:

- 2 Toastbrote
- 1 TL Erdbeermarmelade
- 1 TL Erdnussbutter
- Einige Erdbeeren
- Einige Blaubeeren
- ½ Banane

Zubereitungszeit: 5 Minuten

Zubereitung:

1. Auf eine Toastscheibe Marmelade und auf die andere Erdnussbutter streichen. Toastbrote zusammenklappen und halbieren.
2. Obst waschen und mit den Toasts servieren.

8. Birchermüsli

Zutaten für 1 Portion:

- 20 g Mandeln
- 20 g Haferflocken
- ½ Banane
- 50 g Joghurt
- 20 g Weintrauben
- 20 g Himbeeren
- ¼ Apfel

Zubereitungszeit: 10 Minuten

Zubereitung:

1. Das Obst waschen und kleinschneiden.
2. Die Mandeln in einen Mixer geben und fein mahlen. Mandeln mit den Haferflocken mischen.
3. Zusammen mit allen übrigen Zutaten in eine Schüssel geben und servieren.

9. Vanillequark mit pürierten Himbeeren

Zutaten für 1 Portion:

- 100 g Vanillequark
- 1 EL Honig
- 50 g Himbeeren (TK)

Zubereitungszeit: 5 Minuten

Zubereitung:

1. Himbeeren und Honig in einen Mixer geben und pürieren.
2. Den Vanillequark in eine Schüssel geben und die pürierten Himbeeren darauf verteilen.

Tipp: Himbeeren sind sehr reich an Vitamin B und C sowie an Antioxidantien.

10. Pancakes mit Banane und Blaubeeren

Zutaten für 1 Portion:

- 50 g Mehl
- 1 Ei
- 1 Prise Backpulver
- 1 TL Zucker
- 1 EL Butter
- 100 ml Milch
- Etwas Öl
- ½ Banane
- 80 g Blaubeeren

Zubereitungszeit: 15–20 Minuten

Zubereitung:

1. Alle Zutaten bis auf das Obst in einer Schüssel vermischen.
2. Eine Pfanne leicht einfetten und kleine Pancakes darin ausbacken.
3. Die Blaubeeren waschen und die Banane in Scheiben schneiden.
4. Pancakes abwechselnd mit dem Obst stapeln.

11. Schokoquark mit Pfirsichpüree

Zutaten für 1 Portion:

- 100 g Quark
- 1 TL entöltes Kakaopulver
- 50 g Dosenpfirsiche
- 1 TL Agavendicksaft

Zubereitungszeit: 10 Minuten

Zubereitung:

1. Quark mit Kakaopulver vermischen.
2. Pfirsiche mit dem Agavendicksaft pürieren.
3. Quark in ein Glas geben und Pfirsichpüree darauf verteilen.

Tipp: Falls Sie keinen Agavendicksaft zur Hand haben, können Sie auch die gleiche Menge Honig verwenden.

12. Trinkmüsli

Zutaten für 1 Portion:

- 40 g Joghurt
- 150 ml Hafermilch
- ½ TL Kokosblütenzucker
- 2 EL Haferflocken
- 100 g Erdbeeren

Zubereitungszeit: 5 Minuten

Zubereitung:

1. Das Grün von den Erdbeeren entfernen.
2. Alle Zutaten in einen Mixer geben und pürieren.
3. Den Shake in ein Glas gießen und servieren.

Tipp: Falls Ihr Kind Naturjoghurt nicht mag, können Sie auch einen Joghurt mit Geschmack verwenden.

13. Buttermilchpancakes

Zutaten für 2 Portionen:

- 1 Ei
- 1 EL Butter
- 85 g Dinkelmehl
- ½ TL Backpulver
- 125 ml Buttermilch
- Etwas Öl
- Etwas Obst nach Wahl

Zubereitungszeit: 10–15 Minuten

Zubereitung:

1. Die Butter schmelzen und kurz abkühlen lassen. Mit Buttermilch und Ei verquirlen.
2. Mehl und Backpulver vermischen und mit der Buttermilchmischung verrühren.
3. In einer Pfanne etwas Öl erhitzen und kleine Pancakes darin ausbacken.
4. Pancakes mit Obst servieren.

14. Tomaten-Käse-Brot

Zutaten für 1 Portion:

- 2 Scheiben Vollkornbrot
- 1 EL Frischkäse
- 1 Scheibe Käse
- 2 Scheiben Tomate

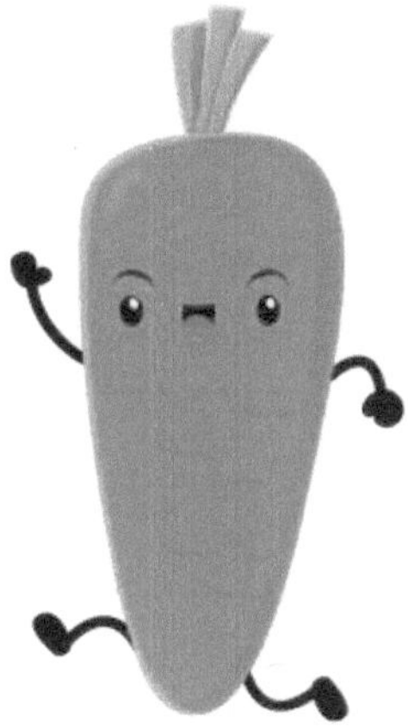

Zubereitungszeit: 5 Minuten

Zubereitung:

1. Die Brotscheiben mit Frischkäse bestreichen.
2. Käse und Tomaten auf eine Scheibe der Brote legen, die andere Scheibe drauflegen und halbieren.

Tipp: Falls Ihr Kind Laktose nicht so gut verträgt, können Sie auch einen anderen Aufstrich, wie einen Tomatenaufstrich oder ähnliches, verwenden.

15. Erdnussbutter-Bananen-Toast

Zutaten für 1 Portion:

- 1 Scheibe Sandwichtoast
- 1 EL Erdnussbutter
- ½ Banane

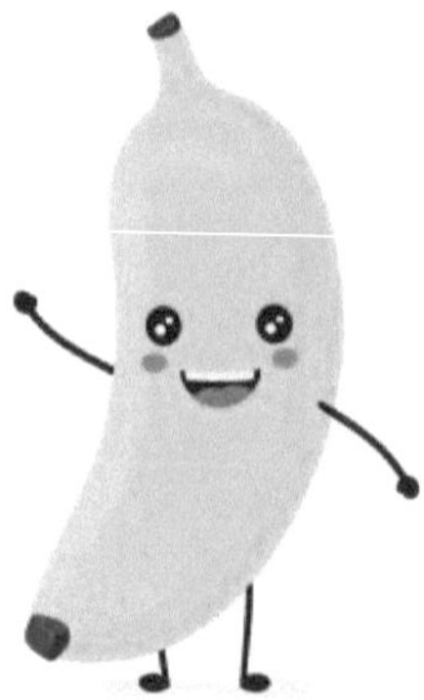

Zubereitungszeit: 3 Minuten

Zubereitung:

1. Das Toastbrot toasten und mit Erdnussbutter bestreichen.
2. Banane in Scheiben schneiden und auf der Erdnussbutter verteilen.
3. Den Toast in kleine Stücke schneiden.

Tipp: Verwenden Sie am besten Vollkorntoast.

16. Paprika-Spiegeleier

Zutaten für 1 Portion:

- 1 Scheibe Paprika, als Ring geschnitten
- 1 Ei
- Etwas Öl
- Salz
- 1 Scheibe Brot
- 1 TL Butter

Zubereitungszeit: 10 Minuten

Zubereitung:

1. In einer Pfanne etwas Öl erhitzen.
2. Den Paprikaring hineinlegen, das Ei in den Paprikaring schlagen und würzen.
3. Das Spiegelei kurz anbraten lassen.
4. Das Brot mit der Butter bestreichen und in kleine Stückchen schneiden.

17. Blaubeer-Kokos-Porridge

Zutaten für 1 Portion:

- 40 g Haferflocken
- 15 g Kokosflocken
- 200 ml Wasser
- 50 ml Kokosmilch
- Einige Blaubeeren

Zubereitungszeit: 10 Minuten

Zubereitung:

1. Haferflocken, Kokosflocken, Wasser und Milch in einem Topf zum Kochen bringen. Etwas einköcheln lassen.
2. Den Brei vom Herd nehmen und mit den Blaubeeren servieren.

Tipp: Anstelle der Kokosflocken kann auch die gleiche Menge gemahlener Mandeln verwendet werden.

18. Frühstücks-Muffins

Zutaten für 8 Portionen:

- 100 g Möhren
- ½ Apfel
- 1 Ei
- 50 g Butter
- 160 g Mehl
- 55 g Joghurt
- 1 ½ TL Backpulver
- Salz
- Zimt

Zubereitungszeit: 40 Minuten

Zubereitung:

1. Apfel und Möhren schälen und fein reiben. Die Butter schmelzen und kurz abkühlen lassen.
2. Alle Zutaten miteinander vermischen und in 8 kleine Muffinförmchen verteilen.
3. Alles im vorgeheizten Backofen bei 180 °C Ober-/Unterhitze für 30 Minuten backen.

19. Haferbrei mit Apfel und Zimt

Zutaten für 1 Portion:

- 40 g Haferflocken
- 120 ml Milch
- 1 EL Apfelmark
- ½ Apfel
- Zimt

Zubereitungszeit: 10 Minuten

Zubereitung:

1. Haferflocken, Milch und Zimt vermischen. Anschließend aufkochen lassen.
2. Den Apfel schälen und in schmale Scheiben schneiden.
3. Den Haferbrei in eine Schale geben und mit Apfelmark und Apfelscheiben servieren.

20. Frischkäsebrot mit Kakao und Obst

Zutaten für 1 Portion:

- 1 Scheibe Dinkelbrot
- 1 TL Frischkäse
- 50 g Tomaten
- ½ Banane
- 1 Becher Kakao

Zubereitungszeit: 5 Minuten

Zubereitung:

1. Das Brot mit dem Frischkäse bestreichen und in kleine Stücke schneiden.
2. Banane in Scheiben schneiden und die Tomaten halbieren.
3. Alles auf einem Teller ansprechend anrichten und mit dem Kakao servieren.

21. Cornflakes mit Obstsalat

Zutaten für 1 Portion:

- 40 g Cornflakes nach Wahl
- 50 g Joghurt
- ½ Banane
- 1 Stück Pfirsich
- ¼ Apfel
- Eine Handvoll Himbeeren

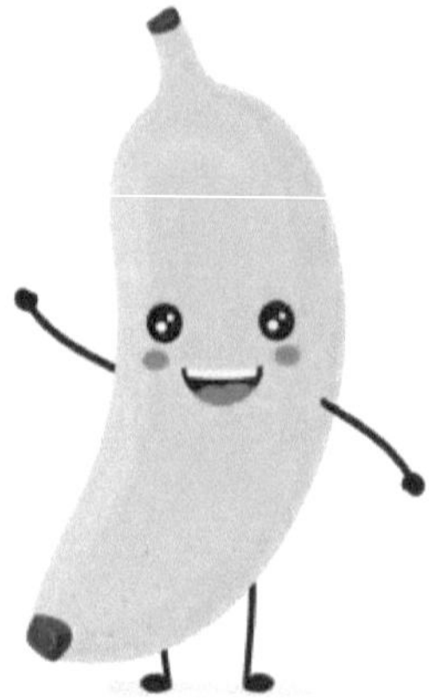

Zubereitungszeit: 10 Minuten

Zubereitung:

1. Das Obst waschen und kleinschneiden. In einer Schüssel vermischen.
2. Die Cornflakes mit dem Joghurt in einer weiteren Schale vermischen.

Tipp: Um dieses Frühstück so gesund und ausgewogen wie möglich zu halten, verwenden Sie am besten zuckerfreie Cornflakes.

22. Couscous mit Himbeeren

Zutaten für 1 Portion:

- 50 ml Wasser
- 50 ml Milch
- 50 g Couscous
- 50 g Himbeeren
- Zimt

Zubereitungszeit: 10 Minuten

Zubereitung:

1. Wasser aufkochen und mit Couscous und Himbeeren verrühren. Für 5 Minuten ziehen lassen.
2. Anschließend Milch und Zimt unterrühren.

Tipp: Das Müsli wird besonders cremig, wenn Sie das Wasser durch Milch ersetzen.

23. Mango-Smoothie

Zutaten für 1 Portion:

- 1 Banane
- 70 g Mango
- 2 EL Haferflocken
- 150 ml Milch

Zubereitungszeit: 5 Minuten

Zubereitung:

1. Alle Zutaten in einen Standmixer geben und pürieren.
2. Smoothie in eine Schnabeltasse gießen und servieren.

Tipp: Mangos sind reich an wichtigen Vitaminen wie Vitamin C.

24. Erdbeerquark mit Müsli

Zutaten für 1 Portion:

- 30 g Knuspermüsli
- 100 g Quark
- 1 TL Xylit
- 50 g Erdbeeren

Zubereitungszeit: 5 Minuten

Zubereitung:

1. Erdbeeren, Quark und Xylit in einen Mixer geben und pürieren.
2. Erdbeerquark mit dem Müsli in eine Schüssel geben und servieren.

Tipp: Dieses Müsli schmeckt auch mit Blaubeeren sehr gut.

25. Pancake-Löwe

Zutaten für 1 Portion:

- 50 g Mehl
- 1 Ei
- 80 ml Milch
- 1 TL Honig
- Etwas Öl
- Eine Handvoll Erdbeeren
- Einige Blaubeeren

Zubereitungszeit: 15 Minuten

Zubereitung:

1. Alle Zutaten bis auf die Beeren miteinander vermischen.
2. In einer Pfanne etwas Öl erhitzen und einen großen und einen kleinen Pancake ausbacken.
3. Die Erdbeeren in Scheiben schneiden.
4. Den großen Pancake auf einen Teller legen. Den kleineren unterhalb in der Mitte als Mund des Löwen platzieren. Die Erdbeerscheiben rundherum um den großen Pancake als Mähne verteilen. 2 Blaubeeren als Augen verwenden.
5. Eine halbe Erdbeere in dem kleinen Pancake platzieren, sodass sie die Nase des Löwen ist. Aus den übrigen Blaubeeren einen Mund legen.

Fleischgerichte

26. Penne mit dunkler Hackfleischsoße

Zutaten für 2 Portionen:

- 300 g Hackfleisch
- 3 TL Bratensoße
- 2 TL Rinderbouillon
- 250 g Penne
- 2 EL Mehl
- 400 ml Wasser
- Salz und Pfeffer
- Etwas Öl

Zubereitungszeit: 20–25 Minuten

Zubereitung:

1. Die Nudeln nach Packungsanweisung kochen.
2. In einer Pfanne etwas Öl erhitzen und das Hackfleisch darin anbraten. Sparsam mit Salz und Pfeffer würzen.
3. Das Fleisch mit dem Mehl bestäuben und währenddessen gut rühren. Rinderbouillon und Bratensoße unterrühren und andicken lassen.
4. Alles mit Wasser ablöschen und etwas einköcheln lassen.
5. Nudeln mit Soße servieren.

27. Würstelgulasch

Zutaten für 2 Portionen:

- 2 Paar Frankfurter Würste
- 1 Zwiebel
- 3 Kartoffeln
- 3 EL Paprikapulver (edelsüß)
- 2 EL Essig
- 250 ml Gemüsebrühe
- 1 TL Majoran
- 2 EL Tomatenmark
- 3 EL Öl

Zubereitungszeit: 40–50 Minuten

Zubereitung:

1. Die Würstchen in Scheiben schneiden. Die Zwiebel schälen und sehr fein hacken. Kartoffeln ebenfalls schälen und in kleine Würfel schneiden.
2. Das Öl in einem Topf erhitzen und Zwiebeln und Kartoffeln darin anbraten. Tomatenmark einrühren und mitbraten.
3. Gewürze und Essig hinzufügen und unterrühren. Alles mit Gemüsebrühe ablöschen und 10 Minuten köcheln lassen.
4. Zum Schluss die Würstchen hinzufügen und weitere 10 Minuten köcheln lassen.

28. Toast Hawaii

Zutaten für 2 Portionen:

- 4 Scheiben Toast
- 2 EL Ketchup
- 4 Ananasringe
- 4 Scheiben Schinken
- 4 Scheiben Käse

Zubereitungszeit: 15 Minuten

Zubereitung:

1. Die Toastscheiben mit Ketchup bestreichen.
2. Schinken, Ananas und Käse auf den Toastscheiben verteilen.
3. Im vorgeheizten Backofen bei 180 °C Umluft 10–12 Minuten backen, bis der Käse geschmolzen ist.

Tipp: Verwenden Sie für dieses Rezept gern Ananas aus der Dose, da diese bereits in Scheiben geschnitten sind.

29. Spaghetti Bolognese

Zutaten für 2 Portionen:

- 200 g Rinderhackfleisch
- 1 Zwiebel
- 3 EL Öl
- 300 g geschälte Tomaten (Dose)
- 1 Knoblauchzehe
- 200 g Spaghetti
- Etwas Parmesan

Zubereitungszeit: 20–25 Minuten

Zubereitung:

1. Die Spaghetti nach Packungsanweisung kochen.
2. Währenddessen Zwiebel und Knoblauch schälen und sehr fein hacken.
3. Das Öl in einer Pfanne erhitzen. Knoblauch und Zwiebel darin andünsten. Anschließend das Hackfleisch hinzufügen und krümelig braten.
4. Alles mit den geschälten Tomaten ablöschen und einige Minuten köcheln lassen.
5. Bolognese mit Spaghetti servieren und mit Parmesan bestreuen.

30. Fleischbällchen mit Pommes

Zutaten für 3 Portionen:

- 1 Süßkartoffel
- 2 Kartoffeln
- 250 g Hackfleisch
- 1 EL Olivenöl
- 250 g gemischtes Hackfleisch
- 2 EL Semmelbrösel
- 1 Zwiebel
- 1 Ei
- Salz und Pfeffer

Zubereitungszeit: 30 Minuten

Zubereitung:

1. Die Kartoffeln waschen und schälen. Anschließend in kleine Stifte schneiden und würzen. Im vorgeheizten Backofen bei 220 °C Ober-/Unterhitze 20 Minuten backen.
2. Die Zwiebel schälen und sehr fein hacken. Mit den übrigen Zutaten außer dem Olivenöl vermischen und kleine Hackbällchen formen.
3. Das Öl in einer Pfanne erhitzen und die Hackbällchen rundherum darin anbraten.
4. Hackbällchen mit den Pommes servieren.

31. Schweinegeschnetzeltes mit Vollkornspirelli

Zutaten für 2 Portionen:

- 300 g Schweinegeschnetzeltes
- 100 g Vollkornspirelli
- 2 Zwiebeln
- 2 EL Mehl
- 100 g Schlagsahne
- 2 EL Tomatenmark
- 150 ml Fleischbrühe
- 1 EL Butter
- Paprikapulver (edelsüß)
- Salz und Pfeffer

Zubereitungszeit: 25–30 Minuten

Zubereitung:

1. Die Nudeln nach Packungsanweisung kochen.
2. Die Zwiebeln schälen und sehr fein hacken.
3. Die Butter in einer Pfanne schmelzen lassen und die Zwiebeln darin glasig dünsten.
4. Das Fleisch hinzufügen und anbraten. Alles gut würzen und das Mehl unterrühren.
5. Tomatenmark hinzugeben und mitbraten. Mit Fleischbrühe ablöschen und köcheln lassen. Sahne hinzufügen und unterrühren.

32. Putensteak mit Rahmgemüse

Zutaten für 2 Portionen:

- 2 Putensteaks
- 50 g Champignons
- 100 g Crème fraîche
- 1 EL Mehl
- 2 Möhren
- 1 EL Butter
- 1 Zwiebel
- Salz und Pfeffer
- Paprikapulver (edelsüß)

Zubereitungszeit: 30–40 Minuten

Zubereitung:

1. Die Putensteaks von beiden Seiten gut würzen und im Mehl wälzen.
2. Champignons putzen und in Scheiben schneiden. Die Möhren schälen und ebenfalls in Scheiben schneiden. Zwiebel schälen und sehr fein würfeln.
3. In einer Pfanne Butter erhitzen und die Steaks darin anbraten. Aus der Pfanne nehmen und warm stellen.
4. In derselben Pfanne die Zwiebeln glasig dünsten. Gemüse hinzufügen und mitbraten. Mit etwas Wasser ablöschen und Crème fraîche unterrühren.
5. Die Steaks wieder in die Pfanne geben und kurz ziehen lassen.

33. Puten-Brokkoli-Gulasch

Zutaten für 2 Portionen:

- 100 g Brokkoli
- 2 Möhren
- ½ Zwiebel
- 125 g Putenfleisch
- 3 cl Sherry
- 1 EL Mehl
- 1 TL Butter
- 1 Knoblauchzehe
- Salz und Pfeffer

Zubereitungszeit: 40 Minuten

Zubereitung:

1. Knoblauch und Zwiebel schälen und sehr fein hacken.
2. Die Butter in einer Pfanne schmelzen und Knoblauch und Zwiebeln darin andünsten. Anschließend das Fleisch hinzufügen und anbraten.
3. Brokkoli waschen und Röschen abtrennen. Möhren waschen, schälen und in Scheiben schneiden. Beides mit etwas Wasser und Sherry mit in die Pfanne geben und andünsten lassen.
4. Mehl unterrühren und mit Gewürzen abschmecken.

34. Käse-Hackfleischsoße mit Reis

Zutaten für 2 Portionen:

- 90 g Reis
- 180 g Hackfleisch
- 100 g Erbsen
- 100 ml Schlagsahne
- 40 g Parmesan
- Salz und Pfeffer
- Muskatnuss

Zubereitungszeit: 20 Minuten

Zubereitung:

1. Reis nach Packungsanweisung kochen.
2. Öl in einem Topf erhitzen und das Fleisch darin andünsten.
3. Käse, Erbsen und Sahne hinzufügen und 5 Minuten köcheln lassen.
4. Soße mit Gewürzen abschmecken und mit dem Reis servieren.

35. Hähnchennuggets

Zutaten für 2 Portionen:

- 300 g Hähnchenbrustfilets
- 30 g Cornflakes
- 1 Ei
- Salz und Pfeffer
- Paprikapulver (rosenscharf)
- Öl für die Pfanne

Zubereitungszeit: 20–25 Minuten

Zubereitung:

1. Aus den Hähnchenbrustfilets Nuggets in der gewünschten Größe schneiden und mit Salz, Pfeffer und Paprikapulver würzen.
2. Cornflakes in einen Gefrierbeutel geben und mit einem Nudelholz zerkleinern.
3. Das Ei verquirlen und die Nuggets zuerst darin und anschließend in den Cornflakes wenden.
4. Das Öl in einer Pfanne erhitzen und die Nuggets von allen Seiten anbraten.

36. Cevapcici

Zutaten für 2 Portionen:

- 250 g Rinderhack
- 1 Ei
- 2 EL Semmelbrösel
- 1 EL Öl
- ½ Zwiebel
- Salz und Pfeffer

Zubereitungszeit: 25–30 Minuten

Zubereitung:

1. Zwiebel schälen und fein würfeln.
2. Alle Zutaten bis auf das Öl miteinander vermengen.
3. Aus der Masse Cevapcici formen und in einer Pfanne in heißem Öl rundherum anbraten.

Tipp: Falls Ihr Kind kleine Zwiebelstücke nicht mag, können Sie alternativ Zwiebelgranulat verwenden. Dieses finden Sie im Gewürzregal.

37. Berner Würstchen mit Gemüsesticks und Ofenpommes

Zutaten für 2 Portionen:

- 300 g Kartoffeln
- 2 Paar Wiener
- 4 Stück Speck
- ½ Salatgurke
- 2 Möhren
- Kohlrabi
- Etwas Öl
- Salz
- Paprikapulver (edelsüß)

Zubereitungszeit: 35–40 Minuten

Zubereitung:

1. Die Kartoffeln schälen und in Stifte schneiden. Mit Salz und Paprikapulver würzen und im vorgeheizten Backofen bei 200 °C Umluft 20–25 Minuten backen.
2. Jeden Wiener mit einem Stück Speck ummanteln. In einer Pfanne etwas Öl erhitzen und die Wiener darin rundherum anbraten.
3. Das Gemüse waschen, schälen und in Stifte schneiden.
4. Berner Würstchen mit Gemüse und Pommes servieren.

38. Hotdogs

Zutaten für 2 Portionen:

- 2 Hotdog-Brötchen
- 2 Wiener
- Ketchup
- 2 EL Röstzwiebeln
- 2 saure Gurken
- Hotdog-Soße

Zubereitungszeit: 10 Minuten

Zubereitung:

1. Die Hotdog-Brötchen für einige Minuten in den aufgewärmten Backofen legen und kurz anrösten.
2. Die Wiener in einem Topf mit heißem Wasser erhitzen.
3. Die sauren Gurken in Scheiben schneiden.
4. Die Brötchen aufschneiden und die Wiener hineinlegen. Ketchup und Hotdog-Soße auf den Wienern verteilen.
5. Röstzwiebeln und Gurkenscheiben auf den Hotdogs verteilen.

39. Spätzle-Auflauf

Zutaten für 4 Portionen:

- 250 g Eierspätzle
- 100 g Schinken
- 50 g Rinderschinken
- 100 g geriebener Käse
- 100 g Sauerrahm
- 250 g Spinatspätzle
- Salz und Pfeffer

Zubereitungszeit: 35–40 Minuten

Zubereitung:

1. Die Spätzle nach Packungsanweisung kochen. Schinken in kleine Würfel schneiden.
2. Alle Zutaten bis auf den Käse in einer Schüssel miteinander vermengen.
3. Alles in eine Auflaufform geben und mit dem Käse bestreuen.
4. Im vorgeheizten Backofen bei 200 °C Umluft 20 Minuten überbacken.

40. Käsespätzle

Zutaten für 2 Portionen:

- 250 g Mehl
- 2 Eier
- 150 g Bergkäse
- 75 ml Mineralwasser
- 2 Schalotten
- 1 EL Butter
- Salz
- Muskat

Zubereitungszeit: 90 Minuten

Zubereitung:

1. Mehl mit einem TL Salz vermischen. Mineralwasser und Eier hinzugeben und alles miteinander vermengen. Ca. eine Stunde ruhen lassen.
2. Die Schalotten schälen und in dünne Ringe schneiden. Den Käse reiben. Butter in einer Pfanne zum Schmelzen bringen und die Schalotten darin anbraten.
3. Gesalzenes Wasser in einem Topf zum Kochen bringen. Den Teig mit einer Spätzlepresse in den Topf pressen. Solange garen, bis sie an der Oberfläche schwimmen.
4. Käse, Zwiebeln und Spätzle in einer Auflaufform vermischen und bei 180 °C Umluft 10 Minuten überbacken.

41. Toast mit Salami und Mozzarella

Zutaten für 2 Portionen:

- 4 Scheiben Vollkorntoast
- 4 Tomaten
- 1 Mozzarella
- Ketchup
- 4 Scheiben Salami
- Basilikum

Zubereitungszeit: 15–20 Minuten

Zubereitung:

1. Tomaten waschen und in Scheiben schneiden. Mozzarella ebenfalls in Scheiben schneiden.
2. Toastscheiben mit Ketchup bestreichen. Salami auf die Toasts legen. Tomaten und Mozzarella auf die Salamischeiben legen.
3. Im vorgeheizten Backofen bei 180 °C Umluft 10–12 Minuten backen.
4. Basilikum grob hacken und auf die Toastscheiben legen.

42. Frischkäsebrötchen mit Schinkenwürfeln

Zutaten für 2 Portionen:

- 2 helle Brötchen
- 2 EL Kräuterfrischkäse
- 2 EL Schinkenwürfel
- 50 g geriebener Gouda

Zubereitungszeit: 15–20 Minuten

Zubereitung:

1. Frischkäse und Schinkenwürfel in eine Schüssel geben und miteinander vermischen.
2. Die Brötchen aufschneiden und die Hälften mit der Frischkäsecreme bestreichen.
3. Mit Käse bestreuen.
4. Im vorgeheizten Backofen bei 180 °C Umluft 10–12 Minuten backen, bis der Käse geschmolzen ist.

43. Hähnchengeschnetzeltes mit Paprika und Reis

Zutaten für 2 Portionen:

- 80 g Reis
- 170 g Hähnchenbrustfilet
- 100 ml Sahne
- 1 EL Crème fraîche
- 150 ml Gemüsebrühe
- 1 rote Paprika
- 1 Zwiebel
- Etwas Öl
- Salz und Pfeffer

Zubereitungszeit: 30 Minuten

Zubereitung:

1. Den Reis nach Packungsanweisung kochen.
2. Die Zwiebel schälen und sehr fein hacken. Das Hähnchenfilet in kleine Streifen schneiden. Paprika waschen, entkernen und in Würfel schneiden.
3. In einer Pfanne etwas Öl erhitzen und die Zwiebel darin glasig dünsten. Fleisch und Paprikawürfel hinzufügen.
4. Mit Gemüsebrühe ablöschen und zum Kochen bringen. Sahne hinzufügen und Crème fraîche unterrühren. 5–7 Minuten köcheln lassen. Mit Salz und Pfeffer abschmecken und mit dem Reis servieren.

44. Zucchini-Hack-Pfanne

Zutaten für 2 Portionen:

- 80 g Reis
- ½ Zwiebel
- 1 Zucchini
- 200 g Hackfleisch
- 250 g passierte Tomaten
- 1 EL Öl
- Paprikapulver (edelsüß)
- Salz und Pfeffer

Zubereitungszeit: 30–40 Minuten

Zubereitung:

1. Den Reis nach Packungsanweisung kochen.
2. Die Zwiebel schälen und fein hacken. Zucchini waschen und in Scheiben schneiden.
3. Das Öl in einer Pfanne erhitzen und die Zwiebel darin glasig dünsten. Anschließend Zucchini und Hackfleisch hinzufügen.
4. Wenn alles gut angebraten ist, mit den passierten Tomaten ablöschen.
5. Etwas köcheln lassen und mit den Gewürzen abschmecken. Hackpfanne zusammen mit dem Reis servieren.

45. Hamburger

Zutaten für 2 Portionen:

- 2 Burgerpatties aus Hackfleisch
- 2 Burgerbrötchen
- Ketchup
- Burgersoße
- 1 Tomate
- 2 Salatblätter
- 2 saure Gurken
- Etwas Öl

Zubereitungszeit: 20 Minuten

Zubereitung:

1. In einer Pfanne etwas Öl erhitzen und die Burgerpatties darin anbraten.
2. Tomate waschen und in Scheiben schneiden.
3. Die Brötchen kurz im Backofen anrösten.
4. Brötchen aufschneiden und mit Ketchup und Burgersoße bestreichen.
5. Mit den übrigen Zutaten belegen und servieren.

46. Schatzkiste

Zutaten für 2 Portionen:

- 2 Brötchen
- 1 Paprika
- 50 g Minisalami
- 125 g Magerquark
- 1 EL Milch
- Schnittlauch
- Salz und Pfeffer

Zubereitungszeit: 15 Minuten

Zubereitung:

1. Schnittlauch kleinschneiden. Mit Magerquark und Milch vermischen und mit Salz und Pfeffer abschmecken. Minisalamis in Scheiben schneiden.
2. Paprika waschen, entkernen und in Würfel schneiden.
3. Brötchen aufschneiden und die Unterseite etwas aushöhlen.
4. Brötchen mit Quark füllen und Paprika sowie Minisalamis auf dem Quark verteilen.
5. Brötchen zuklappen.

47. Gnocchi-Hackbällchen-Pfanne mit Brokkoli

Zutaten für 2 Portionen:

- 1,5 grobe Bratwürste
- 300 g Brokkoli
- 100 g Kirschtomaten
- 200 g Gnocchi
- 200 g stückige Tomaten
- Salz und Pfeffer
- Öl für die Pfanne

Zubereitungszeit: 25–30 Minuten

Zubereitung:

1. Bratwustbrät zu kleinen Bällchen drücken und in einer Pfanne mit etwas Öl anbraten.
2. Brokkoli waschen und Röschen abtrennen. Tomaten ebenfalls waschen und halbieren.
3. Brokkoli in einem Topf mit leicht gesalzenem Wasser 5 Minuten garen.
4. Tomaten in die Pfanne geben und kurz mit anbraten. Mit den stückigen Tomaten ablöschen. Gnocchi hinzugeben und 5 Minuten köcheln lassen. Mit Salz und Pfeffer abschmecken.

48. Hörnchennudeln nach Carbonara-Art

Zutaten für 2 Portionen:

- 80 g Nudeln
- 1 Zucchini
- 2 Scheiben Kochschinken
- 3 EL Frischkäse
- 1 EL Öl
- 150 ml Wasser

Zubereitungszeit: 20 Minuten

Zubereitung:

1. Die Nudeln nach Packungsanweisung kochen.
2. Den Schinken in Würfel schneiden. In einer Pfanne das Öl erhitzen und den Schinken darin anbraten. Zucchini in Würfel schneiden und ebenfalls in die Pfanne geben.
3. Mit Wasser ablöschen und aufkochen lassen. Frischkäse unterrühren und würzen.
4. Nudeln mit in die Pfanne geben und 5 Minuten köcheln lassen.

49. Spirelli mit Würstchen und Ei

Zutaten für 2 Portionen:

- 100 g Spirelli
- 3 Wiener
- 70 ml Ketchup
- 100 ml Milch
- 1 Ei
- Majoran
- Salz und Pfeffer
- Etwas Öl

Zubereitungszeit: 20 Minuten

Zubereitung:

1. Nudeln nach Packungsanweisung kochen.
2. Würstchen in Scheiben schneiden und in einer Pfanne mit etwas Öl anbraten.
3. Ketchup und Milch hinzufügen und aufkochen lassen. Mit Salz, Pfeffer und Majoran würzen.
4. Die Nudeln mit in die Pfanne geben und mit der Soße vermengen.
5. Das Ei in der Pfanne aufschlagen und unter Rühren stocken lassen, bis die Masse etwas fester ist und das Ei an den Nudeln haftet.

50. Schinkenrührei mit Toast und Gurke

Zutaten für 2 Portionen:

- 3 Eier
- 2 EL Milch
- 2 Scheiben Kochschinken
- 6 Cornichons
- 2 Scheiben Toast
- Salz und Pfeffer
- Paprikapulver (edelsüß)
- Etwas Öl

Zubereitungszeit: 10 Minuten

Zubereitung:

1. Eier, Milch und Gewürze in einer Schüssel verquirlen.
2. Schinken in Streifen schneiden.
3. In einer Pfanne etwas Öl erhitzen und die Schinkenstreifen darin anbraten.
4. Ei-Masse hinzufügen und stocken lassen.
5. Toast toasten und halbieren. Rührei mit Toast und Cornichons servieren.

Gerichte mit Fisch

51. Farfalle mit Lachs und Zucchini

Zutaten für 2 Portionen:

- 140 g Farfalle
- 1 Zucchini
- 1 Stück Lachs
- ½ Knoblauchzehe
- 100 ml Sahne
- ½ TL Gemüsebrühe
- Salz und Pfeffer
- Öl für die Pfanne

Zubereitungszeit: 20–25 Minuten

Zubereitung:

1. Die Nudeln nach Packungsanweisung kochen.
2. Die Zucchini waschen und in dünne Viertelscheiben schneiden. Knoblauch schälen und pressen. In einer Pfanne etwas Öl erhitzen und die Zucchinistücke darin rundherum anbraten. Gewürze und Knoblauch hinzufügen.
3. Lachs würfeln und mit der Zucchini braten. Anschließend mit Sahne ablöschen und kurz köcheln lassen.
4. Die Nudeln abgießen und ebenfalls in die Pfanne geben.

52. Spirelli mit Räucherlachs

Zutaten für 2 Portionen:

- 100 g Räucherlachs
- 140 g Spirelli
- 1 Knoblauchzehe
- 150 ml Cremefine
- 100 g Kirschtomaten
- Etwas Zitronensaft
- Öl für die Pfanne
- Salz und Pfeffer

Zubereitungszeit: 15–20 Minuten

Zubereitung:

1. Die Nudeln nach Packungsanweisung kochen. Den Räucherlachs in Stücke schneiden und mit Zitronensaft beträufeln.
2. Knoblauch schälen und pressen. Das Öl in einer Pfanne erhitzen und den Fisch mit dem Knoblauch darin anbraten. Alles gut würzen.
3. Die Tomaten vierteln und in die Pfanne mit dem Räucherlachs geben. Kurz anbraten und mit Sahne ablöschen. Ca. 5 Minuten köcheln lassen.
4. Die Nudeln abgießen und mit der Soße servieren.

53. Fischstäbchen mit Kartoffelbrei und Mischgemüse

Zutaten für 2 Portionen:

- 6 Fischstäbchen
- 400–500 g Kartoffeln
- 1 EL Butter
- 250 g Mischgemüse
- 80–100 ml Milch
- Salz
- Muskatnuss

Zubereitungszeit: 40–45 Minuten

Zubereitung:

1. Die Kartoffeln schälen und 20–25 Minuten kochen, bis sie weich sind.
2. In einer Pfanne etwas Öl erhitzen und die Fischstäbchen darin rundherum anbraten. Das Mischgemüse in einen Topf geben und bei mittlerer Hitze 5–10 Minuten ziehen lassen.
3. Die Kartoffeln abgießen und mit einer Kartoffelpresse in eine Schüssel pressen. Milch zusammen mit der Butter unter ständigem Rühren erhitzen. Die Milch langsam mit einem Quirl in dem Kartoffelbrei einrühren. Falls der Kartoffelbrei zu fest ist, noch etwas Milch hinzufügen. Den Kartoffelbrei mit Salz und Muskat würzen.

54. Fischpfanne

Zutaten für 2 Portionen:

- 250 g Kabeljau
- 150 g Kartoffeln
- 50 ml Sahne
- ½ Schalotte
- Salz und Pfeffer
- 1 TL Butter

Zubereitungszeit: 30 Minuten

Zubereitung:

1. Die Kartoffeln schälen, vierteln und in leicht gesalzenem Wasser ca. 20 Minuten kochen, bis sie gar sind.
2. Den Fisch in Würfel schneiden. Die Schalotte schälen und fein würfeln.
3. Die Schalotte in einer Pfanne mit Butter glasig dünsten. Anschließend den Fisch hinzufügen und anbraten. Mit Sahne ablöschen und würzen.
4. Die Kartoffeln abgießen und mit in die Pfanne geben.

55. Ofenlachs mit Rosenkohl

Zutaten für 2 Portionen:

- 2 kleine Lachsfilets
- 200 g Brokkoli
- 100 g Kirschtomaten
- 300 g Rosenkohl
- Salz und Pfeffer
- Etwas Zitronensaft
- Etwas Öl

Zubereitungszeit: 45 Minuten

Zubereitung:

1. Brokkoli und Rosenkohl waschen und Röschen abtrennen. Mit Öl, Salz und Pfeffer mischen und auf ein mit Backpapier ausgelegtes Backblech legen. 15–20 Minuten im vorgeheizten Backofen bei 200 °C Umluft backen.
2. Tomaten waschen und in einer Schüssel mit einer Gabel zerquetschen. Den Fisch mit etwas Zitronensaft beträufeln und mit Salz und Pfeffer von beiden Seiten würzen.
3. Fisch zwischen das Gemüse legen und die Tomaten auf dem Fisch verteilen. Alles für 15 Minuten garen.

56. Lachspfanne mit Couscous

Zutaten für 2 Portionen:

- 250 g Lachs
- 1 Knoblauchzehe
- 80 g Couscous
- 1 TL Gemüsebrühe
- 1 Zucchini
- 1 TL Tomatenmark
- 100 ml Kokosmilch
- 200 ml Wasser
- Etwas Öl
- Salz und Pfeffer

Zubereitungszeit: 20–25 Minuten

Zubereitung:

1. Couscous nach Packungsanweisung kochen. Lachs und Zucchini in kleine Würfel schneiden.
2. Das Öl in einer Pfanne erhitzen und beides darin rundherum anbraten. Mit Salz und Pfeffer würzen.
3. Kokosmilch, Wasser, Tomatenmark und Gemüsebrühe unterrühren und kurz köcheln lassen.
4. Couscous mit in die Pfanne geben und alles vermischen.

57. Lachs-Süßkartoffelbrei

Zutaten für 2 Portionen:

- 1 große Süßkartoffel
- 2 Möhren
- 1 Lachsfilet
- 1 Kartoffel
- Salz
- Etwas Öl
- Muskat nach Belieben

Zubereitungszeit: 40 Minuten

Zubereitung:

1. Das Gemüse schälen und in Würfel schneiden.
2. Das Gemüse in einen Topf mit leicht gesalzenem Wasser geben und 20 Minuten kochen.
3. Den Fisch von beiden Seiten mit Salz würzen und in einer Pfanne in heißem Öl rundherum anbraten. Anschließend mit zwei Gabeln zupfen.
4. Das Gemüse abgießen und pürieren.
5. Mit Salz und gegebenenfalls Muskat würzen und den gezupften Fisch untermischen.

58. Penne mit Lachs-Sahnesoße

Zutaten für 2 Portionen:

- 200 g Lachs
- 120 g Penne
- 1 TL Butter
- 1 EL Tomatenmark
- 1 TL Gemüsebrühe
- 150 ml Sahne
- Salz und Pfeffer

Zubereitungszeit: 20–25 Minuten

Zubereitung:

1. Die Nudeln nach Packungsanweisung kochen.
2. Den Lachs in Würfel schneiden und mit Salz und Pfeffer würzen. Butter in einer Pfanne erhitzen und den Lachs darin anbraten.
3. Tomatenmark hinzugeben und kurz mitbraten.
4. Mit Sahne ablöschen und die Gemüsebrühe unterrühren.
5. Nudeln abgießen und mit der Sahnesoße servieren.

59. Vollkornfussili mit Lachs und Brokkoli

Zutaten für 2 Portionen:

- 100 g Brokkoli
- 100 g Vollkornfussili
- 1 EL Mehl
- 1 EL Butter
- 150 g Lachs
- 250 ml Milch
- Etwas Öl für die Pfanne
- Salz und Pfeffer

Zubereitungszeit: 30 Minuten

Zubereitung:

1. Brokkoliröschen abtrennen. Die Fussili mit den Brokkoliröschen 10–12 Minuten weichkochen.
2. Den Lachs in kleine Würfel schneiden.
3. In einer Pfanne etwas Öl erhitzen und den Lachs darin anbraten. Mit Salz und Pfeffer würzen. Butter in der Pfanne schmelzen lassen und Mehl unterrühren. Die Milch einrühren und aufkochen lassen.
4. Brokkoli und Nudeln abgießen und mit in die Pfanne geben. Alles miteinander verrühren und 3–5 Minuten köcheln lassen.

60. Nudeln mit Thunfisch-Tomatensoße

Zutaten für 2 Portionen:

- ½ Dose Thunfisch
- ½ Knoblauchzehe
- 1 TL Tomatenmark
- 1 TL Zucker
- 1 TL Mehl
- 100 g Nudeln
- ½ Zwiebel
- ½ Dose geschälte Tomaten
- Salz und Pfeffer
- Etwas Gemüsebrühe (Instant)
- Etwas Öl

Zubereitungszeit: 20 Minuten

Zubereitung:

1. Die Nudeln nach Packungsanweisung kochen.
2. Zwiebel und Knoblauch schälen und fein hacken. In einer Pfanne etwas Öl erhitzen und beides darin andünsten. Mehl einrühren und Tomatenmark hinzugeben. Mit den geschälten Tomaten ablöschen und mit Salz, Pfeffer und Gemüsebrühe abschmecken. Thunfisch abgießen und unterrühren.
3. Die Nudeln abgießen und mit der Soße servieren.

61. Gebackener Seelachs

Zutaten für 2 Portionen:

- 2 kleine Seelachsfilets
- 2 EL Mehl
- 1 Ei
- 3 EL Semmelbrösel
- Etwas Zitronensaft
- 2 Brötchen
- 2 EL Remoulade
- 1 TL Butter

Zubereitungszeit: 20 Minuten

Zubereitung:

1. Seelachs waschen, trocken tupfen und würzen. Ei in einem tiefen Teller verquirlen. Seelachs erst in Mehl, dann im Ei und zum Schluss in den Semmelbröseln wenden.
2. In einer Pfanne die Butter schmelzen und den Fisch darin von beiden Seiten anbraten.
3. Brötchen mit Remoulade bestreichen.
4. Den Fisch mit Zitronensaft beträufeln und anschließend in die Brötchen legen.

62. Fischstäbchenburger

Zutaten für 2 Portionen:

- 2 Burgerbrötchen
- 4 Fischstäbchen
- 2 Salatblätter
- 4 Scheiben Gurke
- 2 EL Ketchup
- 2 EL Remoulade

Zubereitungszeit: 15 Minuten

Zubereitung:

1. Die Burgerbrötchen in den Backofen legen und bei mittlerer Hitze kurz anrösten.
2. Die Fischstäbchen in einer Pfanne mit etwas Öl von beiden Seiten anbraten.
3. Die Burgerbrötchen aufschneiden und mit Ketchup und Remoulade bestreichen.
4. Die restlichen Zutaten auf den Burgern verteilen und mit dem Deckel verschließen.

63. Fischauflauf

Zutaten für 2 Portionen:

- 2 Seelachsfilets
- 400 g Champignons
- 200 g Kirschtomaten
- 2 EL Öl
- Salz

Zubereitungszeit: 45–50 Minuten

Zubereitung:

1. Die Tomaten waschen und vierteln. Die Champignons in Scheiben schneiden.
2. Eine Auflaufform mit Öl einfetten und die Pilzscheiben hineinlegen.
3. Fischfilets waschen, von beiden Seiten salzen und auf die Champignons legen.
4. Die Tomatenwürfel auf den Fisch legen und im vorgeheizten Ofen bei 230 °C Umluft 35–40 Minuten backen.

64. Lachs in Kartoffelkruste

Zutaten für 2 Portionen:

- 2 kleine Lachsfilets
- 2 EL Mehl
- Etwas Zitronensaft
- 1 Ei
- Öl
- Salz und Pfeffer
- 300 g Kartoffeln

Zubereitungszeit: 25–30 Minuten

Zubereitung:

1. Kartoffeln waschen, schälen und grob reiben.
2. Mehl, Ei, Salz und Pfeffer hinzufügen und alles vermischen.
3. Fisch halbieren und mit Salz, Pfeffer und Zitronensaft würzen.
4. Fischfilets komplett mit der Kartoffelmasse ummanteln.
5. In einer Pfanne ausreichend Öl erhitzen und die Fischfilets von beiden Seiten goldbraun braten. Dazu schmeckt ein Gurkensalat.

65. Schollenfilet mit Petersiliensoße

Zutaten für 2 Portionen:

- 2 kleine Schollenfilets
- 350 g Kartoffeln
- Frische Petersilie
- 250 ml Milch
- Eine Prise Zucker
- 1 EL Mehl
- Salz und Pfeffer
- 1 TL Margarine
- Etwas Öl

Zubereitungszeit: 30–35 Minuten

Zubereitung:

1. Die Kartoffeln schälen und in leicht gesalzenem Wasser 20 Minuten garen, bis sie weich sind.
2. Die Fischfilets von beiden Seiten mit Salz und Pfeffer würzen. Anschließend in einer Pfanne mit etwas Öl von beiden Seiten anbraten.
3. Margarine in einem Topf erhitzen. Wenn sie geschmolzen ist, vom Herd nehmen und das Mehl unterrühren. Die Milch hinzufügen und aufkochen lassen. Die Soße etwas eindicken lassen.
4. Die Petersilie waschen, fein hacken und in die Soße geben. Mit Salz, Pfeffer und Zucker abschmecken. Mit Fisch und Kartoffeln servieren.

66. Backfisch mit Kartoffelstampf und Spinat

Zutaten für 2 Portionen:

- 2 Stück Backfisch
- 250 g Rahmspinat
- 350 g Kartoffeln
- 1 EL Butter
- Salz
- Muskat

Zubereitungszeit: 40 Minuten

Zubereitung:

1. Die Kartoffeln schälen und 20 Minuten in einem Topf mit leicht gesalzenem Wasser garen.
2. Die Backfischstücke in den Ofen geben und 20 Minuten backen.
3. Den Spinat in einen Topf geben und bei mittlerer Wärmezufuhr auftauen lassen.
4. Kartoffeln abgießen und mit einer Gabel zerstampfen. Die Butter untermischen und den Stampf würzen.
5. Alles zusammen servieren.

Tipp: Spinat ist sehr reich an Eisen, was wichtig für die Bildung roter Blutkörperchen ist und für die Sauerstoffversorgung benötigt wird.

67. Lachs im Blätterteig

Zutaten für 4 Portionen:

- 200 g Räucherlachs
- 200 g Frischkäse
- 100 g Schmand
- ½ Glas Sahnemeerrettich
- 1 Rolle Blätterteig
- 1 Ei

Zubereitungszeit: 45 Minuten

Zubereitung:

1. Blätterteig auf einem Backblech ausbreiten.
2. Schmand, Meerrettich und Frischkäse miteinander vermischen.
3. Creme auf der Hälfte des Blätterteigs verstreichen und den Lachs darauf verteilen.
4. Blätterteig zusammenklappen, mit verquirltem Ei bestreichen und bei 200 °C Umluft 35 Minuten backen.

Tipp: Peppen Sie den Frischkäse gern mit frischen Kräutern auf.

68. Lachsnuggets

Zutaten für 2 Portionen:

- 500 g Lachs
- 125 g Semmelbrösel
- 2 Eigelbe
- 125 g Mehl
- Salz
- Etwas Öl

Zubereitungszeit: 25–30 Minuten

Zubereitung:

1. Fisch in kleine Stücke schneiden und würzen.
2. Aus Mehl, Eiern und Paniermehl eine Panierstraße bauen und den Fisch darin der Reihe nach panieren.
3. In einer Pfanne etwas Öl erhitzen und die Nuggets darin anbraten.

Tipp: Lachs ist besonders reich an Omega-3-Fettsäuren, die die Fließfähigkeit des Blutes verbessern.

69. Fisch in Senfsoße

Zutaten für 2 Portionen:

- 2 Fischfilets nach Belieben
- 2 EL Mehl
- 2 EL Senf
- 2 Tassen Milch
- 250 g Kartoffeln
- Etwas Butter

Zubereitungszeit: 40 Minuten

Zubereitung:

1. Die Kartoffeln schälen und in einem Topf mit leicht gesalzenem Wasser 20 Minuten garen.
2. Die Fischfilets würzen und in einer Pfanne mit etwas Butter von beiden Seiten anbraten.
3. Fisch aus der Pfanne nehmen, das Mehl in die zerlassene Butter einrühren und mit der Milch ablöschen.
4. Den Senf einrühren und köcheln lassen.
5. Fisch in die Soße legen und mit den Kartoffeln servieren.

70. Backfischfilet mit gefüllten Fleischtomaten

Zutaten für 2 Portionen:

- 2 Stück Backfisch
- 2 Fleischtomaten
- 60 g Zartweizen
- 50 g Schmand
- Salz und Pfeffer

Zubereitungszeit: 30–40 Minuten

Zubereitung:

1. Den Backfisch nach Packungsanweisung zubereiten.
2. Tomaten waschen und mit einem Löffel aushöhlen.
3. Den Zartweizen nach Packungsanweisung kochen. Kurz bevor der Weizen fertig gekocht ist, den Schmand und das Tomatenfruchtfleisch untermischen.
4. Tomaten mit der Weizenmischung befüllen und für 10 Minuten im vorgeheizten Backofen garen.

71. Kartoffelauflauf mit Lachs und Brokkoli

Zutaten für 4 Portionen:

- 250 g Lachs
- 250 g Brokkoli
- 400 g Kartoffeln
- 1 Zitrone
- 75 g Crème fraîche
- 100 g Käse
- Dill
- Salz und Pfeffer

Zubereitungszeit: 60 Minuten

Zubereitung:

1. Brokkoliröschen abtrennen. Lachs in Würfel schneiden.
2. Kartoffeln waschen, schälen und in Scheiben schneiden.
3. Brokkoli in einem Topf mit leicht gesalzenem Wasser für 3–5 Minuten garen.
4. Kartoffeln ebenfalls 5 Minuten blanchieren. Lachs mit Zitronensaft beträufeln und würzen. Alles in eine Auflaufform geben. Crème fraîche mit Dill mischen und mit in die Auflaufform geben. Mit Käse bestreuen und bei 200 °C Umluft 25–30 Minuten backen.

72. Nudeln mit Lachs-Spinat-Soße

Zutaten für 2 Portionen:

- 70 g Nudeln
- 1 Lachsfilet
- 250 g Spinat
- 50 ml Sahne
- Öl für die Pfanne
- Salz und Pfeffer

Zubereitungszeit: 25 Minuten

Zubereitung:

1. Die Nudeln nach Packungsanweisung kochen. Den Lachs in Würfel schneiden. Den Spinat waschen und trockenschleudern.
2. Das Öl in einer Pfanne erhitzen und die Lachswürfel darin anbraten. Mit Salz und Pfeffer würzen.
3. Den Spinat mit in die Pfanne geben und so lange garen, bis er zusammenfällt. Anschließend mit Sahne ablöschen.
4. Die Nudeln abgießen und mit der Soße servieren.

73. Fischfrikadellen

Zutaten für 2 Portionen:

- 300 g Fischfilet
- 2 Brötchen vom Vortag
- 1 Ei
- 2 EL Paniermehl
- Salz und Pfeffer
- 60 ml Wasser
- ½ Zwiebel
- Muskat
- Etwas Öl

Zubereitungszeit: 30–40 Minuten

Zubereitung:

1. Die Brötchen in einer Schüssel mit dem Wasser aufweichen lassen und anschließend ausdrücken.
2. Die Zwiebel schälen und fein hacken.
3. Fischfilet in kleine Stücke schneiden und mit den Brötchen faschieren.
4. Zwiebeln, Gewürze und Fischmasse mit dem Ei mischen und kleine Frikadellen formen. Anschließend im Paniermehl wenden.
5. In einer Pfanne etwas Öl erhitzen und die Fischfrikadellen darin rundherum anbraten.

74. Bunter Gemüsetopf mit Fischstäbchen

Zutaten für 2 Portionen:

- 6 Fischstäbchen
- 170 g Kartoffeln
- ½ Zucchini
- ½ rote Paprika
- 50 g Crème fraîche
- Salz und Pfeffer
- Etwas Öl

Zubereitungszeit: 45 Minuten

Zubereitung:

1. Das Gemüse waschen. Die Kartoffeln schälen und die Paprika entkernen. Gemüse in kleine Würfel schneiden. Kartoffeln in einen Topf geben und 15–20 Minuten kochen.
2. Die Fischstäbchen in einer Pfanne mit etwas Öl braten.
3. In einer zweiten Pfanne das restliche Gemüse anbraten und würzen. Kartoffeln abgießen und in die Pfanne mit dem Gemüse geben. Kurz mitbraten und anschließend Crème fraîche unterrühren.
4. Gemüse mit den Fischstäbchen servieren.

75. Lachs-Süßkartoffelstäbchen mit Erbsen

Zutaten für 3 Portionen:

- 150 g Süßkartoffeln
- 50 g Erbsen
- 150 g Lachs
- 2 EL Milch
- 50 g Weißbrot
- 1 Frühlingszwiebel
- Butter für die Pfanne
- Etwas Zitronensaft
- Salz und Pfeffer

Zubereitungszeit: 40–50 Minuten

Zubereitung:

1. Süßkartoffeln waschen, schälen und in kleine Würfel schneiden. In einem Topf mit leicht gesalzenem Wasser 20 Minuten weichkochen. Kartoffelwürfel abgießen und in einem Mixer zerkleinern. Milch und Gewürze hinzufügen und alles vermischen.
2. Lachs in Stücke schneiden und mit Zitronensaft beträufeln. Rinde vom Brot entfernen und in kleine Würfel schneiden. Frühlingszwiebel in dünne Ringe schneiden.
3. Lachs, Erbsen, Zwiebelringe und Brotwürfel zum Kartoffelbrei geben und alles vermischen. Aus der Masse kleine Stäbchen formen und in einer Pfanne mit etwas Butter rundherum anbraten.

Vegetarische Gerichte

76. Zucchinipfanne mit Kichererbsen

Zutaten für 2 Portionen:

- 100 g Kichererbsen
- ½ Zucchini
- 200 g Hokkaidokürbis
- 50 g Feta
- ½ Zwiebel
- 1 Dose stückige Tomaten
- 1 TL Butter
- Etwas Öl
- Salz und Pfeffer

Zubereitungszeit: 30 Minuten

Zubereitung:

1. Den Kürbis waschen, schälen und in Würfel schneiden. In einem Topf mit leicht gesalzenem Wasser ca. 10 Minuten garen.
2. Die Zucchini waschen und in Scheiben schneiden. Die Zwiebel schälen und in dünne Ringe schneiden.
3. Etwas Öl in einer Pfanne erhitzen und Zwiebelringe und Zucchinischeiben darin anbraten. Mit den stückigen Tomaten ablöschen und die Kichererbsen hinzufügen. Alles ca. 10 Minuten köcheln lassen. Mit Salz und Pfeffer abschmecken.
4. Die Kürbiswürfel abgießen und zerstampfen. Butter untermischen. Feta über der Zucchinipfanne zerbröseln und servieren.

77. Penne mit Spinat-Frischkäsesoße

Zutaten für 2 Portionen:

- 80 g Penne
- 300 g Spinat
- 100 g Frischkäse
- 100 g Kirschtomaten
- 2 EL geriebener Käse
- Salz und Pfeffer

Zubereitungszeit: 20–25 Minuten

Zubereitung:

1. Die Nudeln nach Packungsanweisung kochen. Den Spinat in einem Topf garen.
2. Die Tomaten in kleine Stücke schneiden.
3. Wenn der Spinat geschmolzen ist, die Tomaten hinzufügen und etwas einkochen lassen.
4. Anschließend den Frischkäse unterrühren und mit Salz und Pfeffer abschmecken.
5. Die Nudeln abgießen. Mit der Spinatsoße und dem geriebenen Käse servieren.

Tipp: Sie können die Penne auch durch jede andere Nudelsorte ersetzen.

78. Vollkornnudeln in cremiger Brokkolisoße

Zutaten für 2 Portionen:

- 80 g Vollkornnudeln
- 250 g Brokkoli
- ½ Zwiebel
- 1 EL Crème fraîche
- 80 ml Sahne
- Etwas Gemüsebrühe
- 2 EL geriebener Parmesan
- Etwas Öl für die Pfanne

Zubereitungszeit: 20–25 Minuten

Zubereitung:

1. Die Nudeln nach Packungsanweisung kochen.
2. Die Brokkoliröschen abtrennen. Brokkoli ca. 10 Minuten in leicht gesalzenem Wasser weichkochen.
3. Die Zwiebel schälen und fein hacken. Das Öl in einer Pfanne erhitzen und die Zwiebel darin glasig dünsten. Mit Sahne und Crème fraîche ablöschen und kurz köcheln lassen. Brokkoli abgießen und mit in die Pfanne geben. Mit Gemüsebrühe abschmecken.
4. Nudeln hinzufügen und 3 Minuten köcheln lassen.

79. Gnocchi in cremiger Champignon-Tomatensoße

Zutaten für 2 Portionen:

- 200 g Gnocchi
- 100 g Champignons
- 100 g Tomaten
- ½ Zwiebel
- Öl für die Pfanne
- 1 EL Tomatenmark
- 100 ml Sahne
- Parmesan
- Salz

Zubereitungszeit: 15 Minuten

Zubereitung:

1. Die Gnocchi nach Packungsanweisung kochen.
2. Die Zwiebel schälen und fein hacken. Das Öl in einer Pfanne erhitzen und die Zwiebel darin anbraten.
3. Die Tomaten waschen und würfeln. Champignons putzen und in Scheiben schneiden. Beides in die Pfanne mit der Zwiebel geben und anbraten. Mit etwas Salz würzen.
4. Gnocchi hinzufügen und kurz mitbraten. Tomatenmark unterrühren und mit Sahne ablöschen.
5. Mit Parmesan servieren.

80. Kartoffelrösti

Zutaten für 2 Portionen:

- 50 g Kichererbsenmehl
- 1 Apfel
- 5 Kartoffeln
- 150 g Joghurt
- 1 Ei
- ½ Zwiebel
- 2 EL Mayonnaise
- Curry
- Öl
- Salz und Pfeffer

Zubereitungszeit: 20–25 Minuten

Zubereitung:

1. Kartoffeln, Apfel und Zwiebel schälen und grob reiben. Kichererbsenmehl und Ei hinzufügen und alles mit Salz und Pfeffer abschmecken.
2. In einer Pfanne Öl erhitzen und die Kartoffelrösti darin ausbacken.
3. In der Zwischenzeit den Joghurt mit der Mayonnaise mischen und mit Curry würzen.
4. Kartoffelrösti mit dem Dip servieren.

81. Gemüserisotto

Zutaten für 2 Portionen:

- 1 Zucchini
- 150 g Tomaten
- 1 Schalotte
- 100 g Reis
- 1 Möhre
- 50 g Parmesan
- 1 EL Gemüsebrühe
- 1 TL Butter

Zubereitungszeit: 30–35 Minuten

Zubereitung:

1. Zucchini und die geschälte Möhre waschen und fein reiben. Tomaten ebenfalls waschen und in Würfel schneiden. Schalotte schälen und fein hacken.
2. Butter in einem Topf schmelzen und die Schalotte darin andünsten. Reis dazu geben und ebenfalls glasig dünsten. Nach und nach etwas heißes Wasser und Brühe hinzufügen. 5 Minuten köcheln lassen.
3. Zucchini, Tomaten und Möhre hinzufügen und etwas einkochen lassen. Parmesan unterrühren und servieren.

82. Kohlrabischnitzel

Zutaten für 2 Portionen:

- 500 g Kohlrabi
- 5 TL Mehl
- 1 Ei
- 2 EL Paniermehl
- Salz und Pfeffer
- Etwas Öl

Zubereitungszeit: 35–40 Minuten

Zubereitung:

1. Kohlrabi waschen und schälen. Die Enden abschneiden und in ca. 1 cm dicke Scheiben schneiden.
2. Die Scheiben in kochendes Wasser geben und bei mittlerer Temperatur 8–10 Minuten garen.
3. Die Scheiben abgießen, trockentupfen und von beiden Seiten würzen.
4. Die Kohlrabischeiben zunächst im Mehl, dann im verquirlten Ei und anschließend im Paniermehl wenden.
5. In einer Pfanne etwas Öl erhitzen und die Kohlrabischnitzel darin ausbacken. Dazu schmecken zum Beispiel Pellkartoffeln.

83. Kartoffel-Spinat-Puffer

Zutaten für 2 Portionen:

- 200 g Spinat (TK)
- 6 Kartoffeln vom Vortag
- 3 EL Reibekäse
- 1 Ei
- 130 g Mehl
- 2 EL Naturjoghurt
- 200 g Quark
- Salz und Pfeffer
- Kräuter
- Etwas Öl

Zubereitungszeit: 30–40 Minuten

Zubereitung:

1. Spinat in einem Topf auftauen und etwas abkühlen lassen.
2. Die vorgekochten Kartoffeln pellen und reiben.
3. Mehl, Ei, Kartoffeln, Spinat, Käse, Salz und Pfeffer in einer Schüssel miteinander mischen. Kleine Puffer aus der Masse formen.
4. In einer Pfanne etwas Öl erhitzen und die Puffer darin ausbacken.
5. Quark und Joghurt miteinander vermischen und mit Salz, Pfeffer und Kräutern abschmecken. Puffer mit dem Dip servieren.

84. Farfalle mit Gemüsesoße

Zutaten für 2 Portionen:

- 130 g Farfalle
- ½ Zwiebel
- ½ rote Paprika
- 1 EL Tomatenmark
- 1 Möhre
- 80 g Erbsen
- 200 g stückige Tomaten
- Öl für die Pfanne
- Salz und Pfeffer

Zubereitungszeit: 20 Minuten

Zubereitung:

1. Die Nudeln nach Packungsanweisung kochen.
2. Die Zwiebel schälen und fein würfeln. Die Möhre schälen und in dünne Scheiben schneiden. Paprika waschen, entkernen und in Würfel schneiden.
3. In einer Pfanne etwas Öl erhitzen und die Zwiebel darin glasig dünsten. Anschließend das Gemüse hinzufügen und einige Minuten mitbraten. Tomatenmark und stückige Tomaten hinzufügen und kurz köcheln lassen. Mit Salz und Pfeffer abschmecken und mit den Nudeln servieren.

85. Vegetarische Pizza

Zutaten für 6 Portionen:

- 1 fertiger Pizzateig
- 400 g passierte Tomaten
- Basilikum
- 100 g Dosenmais
- 2 Fleischtomaten
- 1 Paprika
- Brokkoli
- 200 g geriebener Käse
- Salz und Pfeffer

Zubereitungszeit: 35–40 Minuten

Zubereitung:

1. Brokkoliröschen abtrennen und in leicht gesalzenem Wasser 8 Minuten garen.
2. Den Pizzateig auf einem Backblech auslegen. Basilikum fein hacken. Passierte Tomaten mit Salz und Pfeffer abschmecken und Basilikum untermischen.
3. Tomaten und Paprika waschen. Paprika entkernen und in Würfel schneiden. Tomaten in Scheiben schneiden.
4. Den Mais abgießen. Den Teig mit der Tomatensoße bestreichen und das Gemüse darauf verteilen. Mit dem geriebenen Käse bestreuen und 15–20 Minuten im vorgeheizten Backofen bei 200 °C Umluft backen.

Tipp: Sie können den Teig natürlich auch selbst machen.

86. Mozzarella-Nuggets mit Salat

Zutaten für 2 Portionen:

- 50 g geriebener Emmentaler
- 50 g Mozzarella
- 2 Eigelbe
- 100 g Eisbergsalat
- 100 g Kirschtomaten
- 100 g Gurke
- Mais
- 2 EL Dressing nach Wahl
- Butter für die Pfanne
- Salz und Pfeffer

Zubereitungszeit: 70 Minuten

Zubereitung:

1. Mozzarella klein schneiden. Zusammen mit dem Emmentaler in der Mikrowelle schmelzen lassen. Die beiden Eigelbe unterrühren und mit Salz und Pfeffer würzen. Für 45 Minuten ins Tiefkühlfach stellen.
2. In der Zwischenzeit den Salat waschen und klein schneiden. Gemüse waschen und zerkleinern. Falls Sie Dosenmais verwenden, den Mais abgießen und das Gemüse mit dem Salat vermengen. Anschließend das Dressing unterrühren.
3. Die Butter in einer Pfanne schmelzen, aus der Käsemasse kleine Nuggets formen und rundherum anbraten. Käsenuggets mit dem Salat servieren.

87. Linsenbolognese

Zutaten für 2 Portionen:

- 100 g Nudeln
- 120 g rote Linsen
- 1 Knoblauchzehe
- 1 TL Tomatenmark
- 1 Möhre
- ½ Zwiebel
- 500 ml passierte Tomaten
- 100 ml Gemüsebrühe
- Öl
- Salz und Pfeffer

Zubereitungszeit: 35 Minuten

Zubereitung:

1. Nudeln nach Packungsanweisung zubereiten.
2. Zwiebel und Knoblauch schälen und fein hacken. Möhre schälen und in kleine Stücke schneiden.
3. Öl in einer Pfanne erhitzen und Knoblauch und Zwiebel darin anbraten. Anschließend die Möhrenstücke hinzufügen.
4. Tomatenmark mit in die Pfanne geben und mit passierten Tomaten und der Gemüsebrühe ablöschen.
5. Linsen hinzufügen und 10–12 Minuten köcheln lassen. Die Pfanne mit Salz und Pfeffer würzen und mit den Nudeln servieren.

88. Gemüse-Spirelli

Zutaten für 2 Portionen:

- 100 g Spirelli
- 200 g Kirschtomaten
- 300 g Zucchini
- 1 Knoblauchzehe
- Salz und Pfeffer
- Öl
- 2 EL Parmesan

Zubereitungszeit: 20–25 Minuten

Zubereitung:

1. Die Nudeln nach Packungsanweisung kochen.
2. Zucchini waschen und in kleine Stücke schneiden. Tomaten waschen und halbieren.
3. Knoblauch schälen und fein hacken. In einer Pfanne in heißem Öl anbraten. Zucchini hinzufügen und anbraten lassen. Nudeln abgießen und in die Pfanne geben.
4. Tomaten hinzufügen und mit Salz und Pfeffer abschmecken.
5. Nudeln mit Parmesan servieren.

89. Kartoffelgulasch

Zutaten für 4 Portionen:

- 800 g Kartoffeln
- 1 Zwiebel
- 1 Knoblauchzehe
- 3 Möhren
- 1 rote Paprika
- 800 ml Gemüsebrühe
- 2 EL Tomatenmark
- 2 EL Paprikapulver (edelsüß)
- 1 TL Butter
- Salz und Pfeffer

Zubereitungszeit: 60 Minuten

Zubereitung:

1. Die Kartoffeln schälen und in Würfel schneiden. Zwiebel und Knoblauch schälen und fein hacken. Restliches Gemüse, wenn nötig, schälen und ebenfalls in Stücke schneiden.
2. Zwiebeln und Knoblauch in einem Topf mit Butter anschwitzen. Übriges Gemüse hinzufügen und anrösten. Mit Gemüsebrühe ablöschen und Tomatenmark unterrühren. 20–25 Minuten bei geschlossenem Deckel köcheln lassen, bis die Kartoffeln weich sind.
3. Gewürze hinzufügen und servieren.

90. Zucchini-Kartoffel-Auflauf

Zutaten für 2 Portionen:

- 2 Zucchini
- 2 Kartoffeln
- 2 Tomaten
- 1 Knoblauchzehe
- 2 EL Öl
- 100 g geriebener Käse
- Salz und Pfeffer

Zubereitungszeit: 50–60 Minuten

Zubereitung:

1. Die Kartoffeln schälen und in dünne Scheiben schneiden. Das Gemüse waschen. Tomaten würfeln und Zucchini ebenfalls in Scheiben schneiden.
2. Knoblauch schälen und pressen. In einer Pfanne etwas Öl erhitzen und die Kartoffel- und Zucchinischeiben mit dem Knoblauch darin anbraten. Tomaten hinzufügen und mit Salz und Pfeffer würzen.
3. Alles in eine Auflaufform geben und mit Käse bestreuen.
4. Bei 200 °C Umluft 30–35 Minuten backen.

91. Zucchinipuffer mit Joghurtdip

Zutaten für 2 Portionen:

- 300 g Zucchini
- 1 Knoblauchzehe
- 1 Zwiebel
- 100 g Haferflocken
- 1 Ei
- 30 g Käse
- Salz und Pfeffer
- Joghurt
- Kräutersalz
- Öl für die Pfanne

Zubereitungszeit: 25–30 Minuten

Zubereitung:

1. Zucchini waschen und reiben.
2. Zwiebel und Knoblauch schälen und fein hacken.
3. Zucchini, Knoblauch, Zwiebel, Haferflocken, Ei und Käse in eine Schüssel geben, würzen und miteinander vermischen.
4. In einer Pfanne etwas Öl erhitzen und die Zucchinipuffer darin portionsweise ausbacken.
5. Joghurt mit Kräutersalz würzen und mit den Zucchinipuffern servieren.

92. Tomatenreis

Zutaten für 2 Portionen:

- 150 g Reis
- 1 Zwiebel
- 1 EL Tomatenmark
- 2 EL Ketchup
- 1 EL Butter
- 50 ml Wasser
- 100 g Tomaten

Zubereitungszeit: 20 Minuten

Zubereitung:

1. Den Reis nach Packungsanweisung kochen.
2. Die Zwiebel schälen und fein hacken. Die Tomaten waschen und würfeln.
3. Die Butter in einer Pfanne erhitzen und die Zwiebel darin anbraten. Anschließend die Tomaten hinzufügen und mitbraten.
4. Ketchup und Tomatenmark unterrühren und mit Wasser ablöschen.
5. Reis hinzufügen und würzen.

93. Vollkornspirelli mit Basilikumpesto

Zutaten für 2 Portionen:

- 80 g Basilikum
- 1 Knoblauchzehe
- 1 EL Pinienkerne
- 40 g Parmesan
- 100 g Vollkornspirelli
- 70 ml Olivenöl
- Salz und Pfeffer

Zubereitungszeit: 20 Minuten

Zubereitung:

1. Nudeln nach Packungsanweisung kochen.
2. Basilikum waschen und trocken tupfen. Knoblauch schälen und pressen. Pinienkerne in einer Pfanne ohne Öl anrösten.
3. Basilikum, Pinienkerne und Knoblauch in einen Mixer geben und pürieren.
4. In eine Schüssel füllen und Parmesan, Öl, Salz und Pfeffer untermischen.
5. Die Nudeln abgießen und mit dem Pesto vermischen.

94. Reis mit Paprika-Tomatensoße

Zutaten für 2 Portionen:

- 80 g Reis
- ½ Zwiebel
- 1 TL Gemüsebrühe (Instantpulver)
- ½ rote Paprika
- ½ Dose stückige Tomaten
- 1 Knoblauchzehe
- 1 EL Olivenöl
- 1 EL Sahne
- Salz und Pfeffer

Zubereitungszeit: 25–30 Minuten

Zubereitung:

1. Den Reis mit der Gemüsebrühe weichkochen.
2. Knoblauch und Zwiebel schälen und fein hacken. Paprika waschen und in Würfel schneiden.
3. Öl in einer Pfanne erhitzen und Zwiebeln und Knoblauch darin anschwitzen.
4. Paprika hinzufügen und mitbraten. Mit den stückigen Tomaten ablöschen und würzen. Sahne unterrühren.
5. Den Reis abgießen und mit der Soße servieren.

95. Spätzlepfanne

Zutaten für 2 Portionen:

- 250 g frische Spätzle
- 1 EL Butter
- 150 g Lauch
- 2 Möhren
- 1 Zucchini
- 100 ml Gemüsebrühe
- 50 g geriebener Emmentaler

Zubereitungszeit: 20 Minuten

Zubereitung:

1. Lauch waschen und in Ringe schneiden. Möhren schälen und grob reiben. Zucchini waschen und in dünne Streifen schneiden.
2. Die Butter in einer Pfanne schmelzen und die frischen Spätzle darin anbraten. Das Gemüse hinzugeben und mitbraten. Mit der Gemüsebrühe ablöschen und würzen.
3. Käse untermischen und servieren.

Tipp: Möhren enthalten einen Ballaststoff namens Pektin, welcher für ein längeres Sättigungsgefühl sorgt.

96. Polentaschnitten mit Kräutersoße

Zutaten für 2 Portionen:

- 200 g Maisgrieß
- 70 g Butter
- 400 ml Gemüsebrühe
- 100 ml Sahne
- 75 g Crème fraîche
- 1 Knoblauchzehe
- 1 Schalotte
- ½ Pck. Kräuter
- Öl

Zubereitungszeit: 50–60 Minuten

Zubereitung:

1. Gemüsebrühe aufkochen und den Maisgrieß langsam einrieseln lassen. Solange unter ständigem Rühren köcheln lassen, bis sich der Maisgries vom Topfrand löst und Blasen schlägt. Topf vom Herd nehmen und 20 Minuten zugedeckt ruhen lassen. Crème fraîche hinzufügen und würzen.
2. Polenta auf ein mit Backpapier ausgelegtes Backblech streichen.
3. Knoblauch und Schalotte schälen und fein hacken. Öl in einer Pfanne erhitzen und beides darin anschwitzen. Mit Sahne ablöschen und Kräuter unterrühren.
4. Polenta in Vierecke schneiden und in einer Pfanne mit Butter von beiden Seiten anbraten.

97. Ofengemüse mit Kräuterquark

Zutaten für 2 Portionen:

- 2 Kartoffeln
- 100 g Champignons
- ½ rote Paprika
- ½ Zucchini
- 2 Möhren
- 2 EL Öl
- Salz
- Paprikapulver (edelsüß)
- 250 g Quark
- 1 EL gemischte Kräuter

Zubereitungszeit: 40–45 Minuten

Zubereitung:

1. Das Gemüse waschen, schälen und in Stücke schneiden. Pilze putzen und vierteln.
2. Gemüse in eine Schüssel geben und mit dem Öl vermischen. Mit Salz und Paprikapulver würzen, auf ein mit Backpapier ausgelegtes Backblech legen und bei 200 °C Ober-/Unterhitze 25–30 Minuten backen.
3. In der Zwischenzeit den Quark mit einem Esslöffel Wasser glattrühren und die Kräuter untermischen.

98. Gegrillter Käsetoast

Zutaten für 2 Portionen:

- 4 Scheiben Toast
- 2 Scheiben Käse
- 2 TL Butter
- 8 Kirschtomaten
- ½ Gurke

Zubereitungszeit: 10–15 Minuten

Zubereitung:

1. Die Toasts von einer Seite mit Butter bestreichen. Zwei Toasts mit der Butterseite nach unten in eine Pfanne legen und den Käse auf den Toasts verteilen. Die anderen beiden Toasts mit der Butterseite nach oben drauflegen und wenden, sodass die gebutterte Seite des oberen Toasts in der Pfanne brät. So lange braten, bis der Käse geschmolzen ist.
2. Sandwiches so halbieren, dass zwei Dreiecke entstehen.
3. Das Gemüse waschen, die Gurke schälen und in Scheiben schneiden.
4. Käsesandwiches mit dem Gemüse servieren.

99. Kartoffelauflauf

Zutaten für 2 Portionen:

- 200 g Kartoffeln
- 2 Möhren
- 1 kleine Zwiebel
- 150 ml Sahne
- Etwas Öl für die Pfanne
- Salz und Pfeffer
- Muskat
- 100 g Reibekäse

Zubereitungszeit: 50–60 Minuten

Zubereitung:

1. Kartoffeln und Möhren waschen schälen und in dünne Scheiben schneiden.
2. Zwiebel schälen und fein hacken.
3. In einer Pfanne etwas Öl erhitzen und die Zwiebel darin glasig dünsten. Restliches Gemüse hinzufügen und einige Minuten mitbraten. Mit Sahne ablöschen und würzen.
4. Alles in eine Auflaufform geben und mit Käse bestreuen.
5. Im vorgeheizten Backofen bei 200 °C Umluft 30–35 Minuten backen.

100. Nudeln mit Tomaten-Käse-Soße

Zutaten für 2 Portionen:

- 100 g Nudeln
- 8 Kirschtomaten
- 120 g Frischkäse
- 50 g Emmentaler
- ½ Schalotte
- 1 Knoblauchzehe
- Salz und Pfeffer
- Öl für die Pfanne
- 50 ml Milch

Zubereitungszeit: 20 Minuten

Zubereitung:

1. Nudeln nach Packungsanweisung kochen.
2. Knoblauch und Schalotte schälen und sehr fein hacken. In einer Pfanne mit etwas Öl anschwitzen.
3. Tomaten waschen, würfeln und anschließend mit in die Pfanne geben.
4. Frischkäse und Milch einrühren. Nudeln abgießen, mit in die Pfanne geben und 5 Minuten köcheln lassen.
5. Käse untermischen und mit Salz und Pfeffer abschmecken.

Suppen und Eintöpfe

101. Gemüsesuppe mit Wienern

Zutaten für 4 Portionen:

- 1 Paar Wiener
- 1 Zwiebel
- 300 g Erbsen
- 300 g Möhren
- 4 Kartoffeln
- 2 EL Gemüsebrühe
- 1 l Wasser
- 1 EL Öl

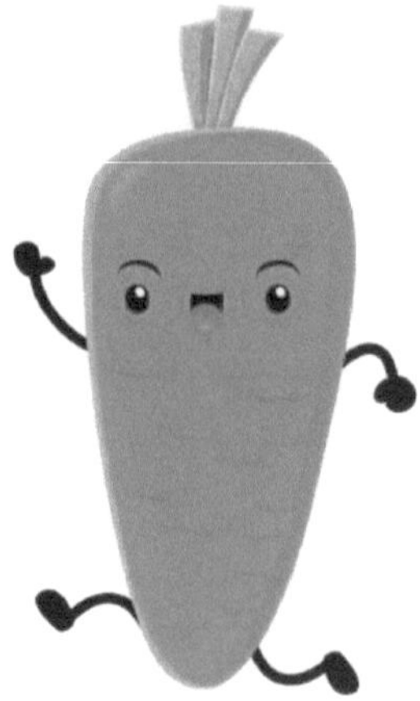

Zubereitungszeit: 35–40 Minuten

Zubereitung:

1. Die Zwiebel schälen und hacken. Kartoffeln und Möhren schälen und in Würfel schneiden.
2. Öl in einem Topf erhitzen und die Zwiebel darin anschwitzen.
3. Kartoffeln und Möhren hinzufügen und 2–3 Minuten anbraten. Mit Wasser ablöschen und Gemüsebrühe einrühren. 15–20 Minuten köcheln lassen.
4. 5 Minuten vor Ende die Erbsen hinzufügen. Wiener in Scheiben schneiden und in den Topf geben. Kurz köcheln lassen und servieren.

102. Brokkolisuppe

Zutaten für 4 Portionen:

- 500 g Brokkoli
- 2 kleine Zwiebeln
- 1 l Gemüsebrühe
- 200 g Kartoffeln
- 2 EL Öl
- 1 Prise Zucker
- Salz und Pfeffer

Zubereitungszeit: 35–40 Minuten

Zubereitung:

1. Brokkoli waschen und Röschen abtrennen. Kartoffeln schälen und in grobe Stücke zerteilen.
2. Zwiebeln schälen und in Ringe schneiden. Öl in einem Topf erhitzen und die Zwiebeln darin andünsten. Kartoffeln und Brokkoli hinzufügen und kurz anbraten.
3. Mit Gemüsebrühe ablöschen und 20 Minuten bei mittlerer Hitze zugedeckt köcheln lassen.
4. Die Suppe mit einem Pürierstab pürieren und mit Salz, Zucker und Pfeffer abschmecken.

103. Süßkartoffelsuppe

Zutaten für 4 Portionen:

- 2 Süßkartoffeln
- 1 Zwiebel
- 4 Kartoffeln
- 1 EL Öl
- 800 ml Gemüsebrühe
- 50 ml Sahne
- Salz und Pfeffer

Zubereitungszeit: 35–40 Minuten

Zubereitung:

1. Kartoffeln schälen und in Stücke schneiden. Die Zwiebel ebenfalls schälen und in Ringe schneiden.
2. Öl in einem Topf erhitzen und die Zwiebel darin andünsten.
3. Kartoffeln hinzugeben und kurz mitbraten.
4. Alles mit Gemüsebrühe ablöschen und 20 Minuten geschlossen bei mittlerer Hitze köcheln lassen.
5. Suppe vom Herd nehmen und pürieren. Sahne unterrühren und mit Salz und Pfeffer abschmecken.

104. Nudelsuppe

Zutaten für 4 Portionen:

- 100 g Fadennudeln
- 2 Möhren
- 1 Suppengrün
- 800 ml Wasser
- 1 EL Gemüsebrühe (Instant)
- 1 EL Butter
- 1 Schalotte
- Salz und Pfeffer

Zubereitungszeit: 30–40 Minuten

Zubereitung:

1. Möhren und Schalotte schälen. Möhren in Scheiben und Schalotte in Ringe schneiden. Suppengrün waschen und in Scheiben schneiden.
2. Butter in einem Topf schmelzen lassen und das Gemüse darin andünsten. Wasser und Gemüsebrühe hinzufügen und für 15 Minuten köcheln lassen.
3. Nudeln in den Topf geben und 6–8 Minuten weiterköcheln lassen.
4. Suppe mit Salz und Pfeffer abschmecken.

105. Linsensuppe

Zutaten für 4 Portionen:

- 250 g rote Linsen
- 200 g Spinat
- 1 Zwiebel
- 2 Knoblauchzehen
- 1 TL Kurkuma
- 500 ml Wasser
- 1 EL Öl
- 400 g stückige Tomaten
- Salz und Pfeffer

Zubereitungszeit: 30–35 Minuten

Zubereitung:

1. Knoblauch und Zwiebel schälen und fein hacken. In einem Topf mit Öl anbraten.
2. Alle übrigen Zutaten mit in den Topf geben und 25 Minuten köcheln lassen.
3. Die Suppe mit Salz und Pfeffer abschmecken. Es entsteht eine dickflüssige Suppe.

Tipp: Das in Kurkuma enthaltene Curcumin hat eine entzündungshemmende Wirkung.

106. Pizzasuppe

Zutaten für 4 Portionen:

- 100 g Champignons
- 200 g Rinderhack
- 1 rote Paprika
- 200 g Tomaten
- 400 ml passierte Tomaten
- 100 ml Sahne
- 100 g Mais
- 1 Zwiebel
- 1 Knoblauchzehe
- 300 ml Gemüsebrühe
- Etwas Öl

Zubereitungszeit: 30–40 Minuten

Zubereitung:

1. Knoblauch und Zwiebel schälen und fein hacken. Champignons putzen und in Scheiben schneiden. Paprika waschen, entkernen und würfeln. Tomaten ebenfalls waschen und in Würfel schneiden.
2. Etwas Öl in einem Topf erhitzen und Zwiebel und Knoblauch darin andünsten. Hackfleisch hinzufügen und krümelig braten. Restliches Gemüse bis auf den Mais ebenfalls mit anbraten. Passierte Tomaten, Gemüsebrühe und Sahne hinzufügen und 10–12 Minuten köcheln lassen.
3. Zum Schluss den Mais unterheben und servieren.

107. Kohlrabisuppe

Zutaten für 4 Portionen:

- 150 g Kartoffeln
- 200 g Kohlrabi
- 1,2 l Wasser
- 1 Ei
- 30 g Grieß
- 1 EL Butter
- Salz und Pfeffer

Zubereitungszeit: 20 Minuten

Zubereitung:

1. Kohlrabi und Kartoffeln schälen. Kohlrabi reiben und Kartoffeln in Würfel schneiden.
2. Die Butter in einem Topf schmelzen lassen, den Kohlrabi hinzufügen und anrösten.
3. Kartoffeln hinzugeben und mit dem Wasser ablöschen. Für 20 Minuten köcheln lassen.
4. Ei und Grieß vermengen und anschließend als Nockerl (mithilfe von zwei Löffeln) in die Suppe geben. Mit Salz und Pfeffer würzen.
5. Die Suppe ist fertig, wenn die Nockerl oben schwimmen.

108. Kartoffelgulasch mit Würstchen

Zutaten für 4 Portionen:

- 500 g Kartoffeln
- 3 EL Tomatenmark
- 750 ml Gemüsebrühe
- 4 Wiener Würstchen
- 1 Zwiebel
- 1 Paprika
- 50 ml Sahne
- Salz und Pfeffer
- Etwas Öl

Zubereitungszeit: 40 Minuten

Zubereitung:

1. Die Zwiebel schälen und fein hacken. Paprika in Würfel schneiden. Kartoffeln schälen und ebenfalls würfeln. Wiener in Scheiben schneiden.
2. Das Öl in einem Topf erhitzen und die Zwiebel darin anschwitzen. Paprika und Kartoffeln hinzugeben und kurz anbraten. Tomatenmark unterrühren und mit Gemüsebrühe und Sahne ablöschen. 20 Minuten köcheln lassen.
3. Die Würstchen hinzufügen und 5 weitere Minuten köcheln lassen. Mit Salz und Pfeffer abschmecken.

109. Möhren-Kokos-Suppe

Zutaten für 4 Portionen:

- 800 g Möhren
- 400 ml Gemüsebrühe
- 800 ml Kokosmilch
- 1 kleines Stück Ingwer
- 1 Zwiebel
- Etwas Öl
- Salz und Pfeffer

Zubereitungszeit: 35–40 Minuten

Zubereitung:

1. Die Zwiebel schälen und in dünne Ringe schneiden. Möhren schälen und in Stücke schneiden. Ingwer schälen und fein reiben.
2. Das Öl in einem Topf erhitzen und die Zwiebel darin andünsten.
3. Möhren hinzufügen und mit Kokosmilch und Gemüsebrühe ablöschen. 20 Minuten köcheln lassen.
4. Den Ingwer hinzufügen und die Suppe pürieren. Mit Salz und Pfeffer abschmecken.

110. Hackfleisch-Lauch-Suppe

Zutaten für 4 Portionen:

- 300 g Hackfleisch
- 3 Stangen Lauch
- 1 Zwiebel
- 1 Knoblauchzehe
- 350 g Kräuterfrischkäse
- 800 ml Gemüsebrühe
- Salz und Pfeffer
- Etwas Öl

Zubereitungszeit: 30 Minuten

Zubereitung:

1. Knoblauch und Zwiebel schälen und fein hacken. Das Öl in einem Topf erhitzen und beides darin anschwitzen. Hackfleisch hinzufügen und krümelig braten.
2. Lauch in dünne Ringe schneiden und ebenfalls anbraten. Kräuterfrischkäse unterrühren und mit Gemüsebrühe ablöschen. 20 Minuten köcheln lassen.
3. Die Suppe mit Salz und Pfeffer abschmecken.

Tipp: Falls Sie den Knoblauch nicht hacken möchten und noch feiner mögen, können Sie auch Knoblauchgranulat verwenden.

111. Blumenkohlsuppe

Zutaten für 4 Portionen:

- 500 g Blumenkohl
- 1 Zwiebel
- 800 ml Gemüsebrühe
- Salz und Pfeffer
- 200 ml Sahne
- 1 EL Mehl
- Muskat
- Etwas Öl

Zubereitungszeit: 40 Minuten

Zubereitung:

1. Blumenkohlröschen abtrennen. Zwiebel schälen und in Ringe schneiden.
2. Zwiebel in einem Topf mit Öl anschwitzen und das Mehl darüber stäuben. Mit Gemüsebrühe ablöschen. Aufkochen lassen und Blumenkohl hinzufügen. 20–25 Minuten mit geschlossenem Deckel köcheln lassen.
3. Suppe vom Herd nehmen und pürieren. Wieder auf den Herd stellen und die Sahne unterrühren. Mit Salz, Muskat und Pfeffer abschmecken.

112. Erbsensuppe mit Frischkäse

Zutaten für 4 Portionen:

- 500 g Erbsen (TK)
- 1 Bund Frühlingszwiebeln
- 100 g Frischkäse
- 2 EL Öl
- 2 Knoblauchzehen
- 800 ml Gemüsebrühe
- Croutons
- Salz und Pfeffer

Zubereitungszeit: 25 Minuten

Zubereitung:

1. Erbsen auftauen lassen.
2. Frühlingszwiebeln waschen und in Ringe schneiden. Knoblauch schälen und fein hacken.
3. Öl in einem Topf erhitzen und beides darin andünsten.
4. Erbsen mit in den Topf geben und mit Gemüsebrühe ablöschen. 10–12 Minuten köcheln lassen.
5. Frischkäse hinzufügen und die Suppe pürieren. Mit Salz und Pfeffer abschmecken und mit den Croutons garnieren.

113. Orangen-Möhren-Suppe

Zutaten für 4 Portionen:

- 500 g Möhren
- 150 g Kartoffeln
- 1 Zwiebel
- 2 EL Öl
- 80 ml Orangensaft
- 2 EL Tomatenmark
- 70 g Schmand
- 50 g Parmesan
- 1,2 l Gemüsebrühe
- Salz

Zubereitungszeit: 30–40 Minuten

Zubereitung:

1. Zwiebel, Kartoffeln und Möhren schälen. Zwiebel in Ringe schneiden und Kartoffeln und Möhren würfeln.
2. Öl in einem Topf erhitzen und die Zwiebelringe darin andünsten.
3. Kartoffeln und Möhren kurz mitbraten. Mit Gemüsebrühe und Orangensaft ablöschen und das Tomatenmark unterrühren. Salzen und zugedeckt für 20 Minuten köcheln lassen.
4. Die Suppe pürieren und mit Schmand und Parmesan servieren.

114. Zucchinisuppe

Zutaten für 4 Portionen:

- 400 g Zucchini
- 1 Zwiebel
- 750 ml Gemüsebrühe
- Etwas Öl
- Salz und Pfeffer
- 50 ml Milch

Zubereitungszeit: 25 Minuten

Zubereitung:

1. Zucchini waschen und in Würfel schneiden.
2. Zwiebel schälen und in Ringe schneiden. Öl in einem Topf erhitzen und die Zwiebel darin andünsten.
3. Zucchinistücke hinzufügen und 2–3 Minuten mitbraten. Mit Gemüsebrühe und Milch ablöschen und 15 Minuten köcheln lassen.
4. Die Suppe vom Herd nehmen und pürieren. Mit Salz und Pfeffer abschmecken.

Tipp: Sie können die Milch auch durch Sahne ersetzen.

115. Süße Kürbissuppe

Zutaten für 4 Portionen:

- 500 g Hokkaido-Kürbis
- 1 l Wasser
- 100 g Zucker
- 1 EL Gries
- Saft einer Zitrone

Zubereitungszeit: 35–40 Minuten

Zubereitung:

1. Kürbis waschen, schälen und in Würfel schneiden.
2. Anschließend in einen Topf geben und mit 750 ml Wasser weichkochen.
3. Die Suppe pürieren.
4. Gries mit dem restlichen Wasser vermischen und zur Kürbissuppe geben.
5. Aufkochen lassen und Zucker und Zitronensaft hinzufügen.

Tipp: Zitronen sind sehr reich an Vitamin C und geben der Suppe durch ihren säuerlichen Geschmack eine frische Note.

116. Maiscremesuppe

Zutaten für 4 Portionen:

- 2 Möhren
- 2 Zwiebeln
- 1 Knoblauchzehe
- ½ Stange Lauch
- 2 Dosen Mais
- 200 ml Sahne
- 600 ml Gemüsebrühe
- 2 EL Butter
- Salz

Zubereitungszeit: 30 Minuten

Zubereitung:

1. Möhren, Zwiebeln und Knoblauch schälen und in Stücke schneiden. Lauch in Scheiben schneiden und Mais abgießen.
2. Butter in einem Topf erhitzen und das Gemüse darin andünsten. Mit Gemüsebrühe ablöschen und 15 Minuten köcheln lassen.
3. Suppe von Herd nehmen und pürieren. Wieder kurz auf den Herd stellen und die Sahne untermischen. Mit Salz abschmecken.

117. Schokoladensuppe

Zutaten für 4 Portionen:

- ½ Pck. Vanillepuddingpulver
- 200 g Zartbitterschokolade
- 100 g Zucker
- 700 ml Vollmilch
- 2 Eiweiße
- 4 Scheiben Weißbrot

Zubereitungszeit: 20 Minuten

Zubereitung:

1. Ca. 100 ml Milch mit dem Puddingpulver und einem Esslöffel Zucker verrühren. Übrige Milch aufkochen.
2. Vom Herd nehmen und das Puddingpulver einrühren.
3. Zartbitterschokolade grob zerkleinern und im Pudding auflösen.
4. Eiweiße mit dem restlichen Zucker steif schlagen und unter die Schokosuppe rühren.
5. Weißbrotscheiben toasten und mit der Suppe servieren.

118. Indischer Gemüsetopf

Zutaten für 4 Portionen:

- 500 g Kartoffeln
- 500 g Blumenkohl
- 2 Möhren
- 1 Zwiebel
- 1 Knoblauchzehe
- 1 Dose Kokosmilch
- 200 ml Orangensaft
- 3 TL Garam Masala
- 2 EL Gemüsebrühe
- Etwas Öl
- Salz und Pfeffer

Zubereitungszeit: 30–35 Minuten

Zubereitung:

1. Zwiebel und Knoblauch schälen und fein hacken. Möhren und Kartoffeln schälen und in Würfel schneiden.
2. Öl in einem Topf erhitzen und Zwiebel und Knoblauch darin anbraten. Möhren, Kartoffeln und Kokosmilch hinzufügen. Mit so viel Wasser aufgießen, dass das Gemüse vollständig bedeckt ist. Garam Masala und Gemüsebrühe unterrühren.
3. Blumenkohlröschen hinzufügen und 12–15 Minuten köcheln lassen. Orangensaft untermischen.
4. Die Suppe pürieren und mit Gewürzen abschmecken.

119. Möhreneintopf mit Rindfleisch

Zutaten für 4 Portionen:

- 1 l Gemüsebrühe
- 500 g Rindergulasch
- 600 g Möhren
- 600 g Kartoffeln
- 2 Zwiebeln
- Etwas Öl

Zubereitungszeit: 80–90 Minuten

Zubereitung:

1. Die Zwiebeln schälen und in Würfel schneiden.
2. Das Öl in einem Topf erhitzen und das Gulasch mit den Zwiebelwürfeln anbraten.
3. Anschließend mit der Gemüsebrühe ablöschen. Den Eintopf ca. 45–50 Minuten köcheln lassen.
4. Kartoffeln und Möhren schälen, würfeln und mit in den Topf geben. Weitere 15–20 Minuten köcheln lassen.

Tipp: Sie können auch die Hälfte der Kartoffeln durch die gleiche Menge an Süßkartoffeln ersetzen.

120. Tomatencremesuppe

Zutaten für 4 Portionen:

- 650 g Tomaten
- 2 EL Tomatenmark
- 1 Zwiebel
- 1 Knoblauchzehe
- 600 ml Gemüsebrühe
- 50 ml Sahne
- 2 EL Crème fraîche
- Öl
- Salz und Pfeffer
- Frisches Basilikum

Zubereitungszeit: 35–40 Minuten

Zubereitung:

1. Zwiebel und Knoblauch schälen und sehr fein hacken. Tomaten waschen und in Würfel schneiden.
2. Öl in einem Topf erhitzen und Zwiebel und Knoblauch darin andünsten. Tomaten hinzufügen und 10 Minuten anbraten.
3. Tomatenmark unterrühren und mit Gemüsebrühe ablöschen. Zugedeckt 20 Minuten köcheln lassen.
4. In der Zwischenzeit das Basilikum hacken. Die Suppe pürieren und durch ein Sieb gießen. Mit Salz und Pfeffer abschmecken. Sahne und Crème fraîche einrühren und mit Basilikum garnieren.

121. Linseneintopf

Zutaten für 4 Portionen:

- 500 g Kartoffeln
- 250 g braune Linsen
- 2 Möhren
- 4 Wiener Würstchen
- 1 l Hühnerbrühe
- 1 Stange Lauch
- 1 Zwiebel
- 1 TL Tomatenmark
- Etwas Butter
- Salz und Pfeffer

Zubereitungszeit: 40–50 Minuten

Zubereitung:

1. Die Linsen nach Packungsanweisung zubereiten.
2. Kartoffeln, Zwiebel, Lauch und Möhren waschen, schälen und in kleine Würfel schneiden.
3. Butter in einem Topf erhitzen und Zwiebel darin glasig dünsten. Möhren, Lauch und Kartoffeln hinzufügen und kurz mitbraten.
4. Linsen hinzufügen.
5. Tomatenmark hinzufügen und kurz mitbraten. Mit der Hühnerbrühe ablöschen und 20–25 Minuten köcheln lassen.
6. Die Suppe mit Salz und Pfeffer abschmecken und die kleingeschnittenen Würstchen hinzufügen.

122. Gemüse-Hackfleisch-Eintopf

Zutaten für 4 Portionen:

- 300 g Hackfleisch
- 250 g Möhren
- 250 g Kartoffeln
- 200 g Erbsen
- 1 Zwiebel
- 500 ml Gemüsebrühe
- 2 EL Tomatenmark
- 1 TL Paprikapulver (edelsüß)
- Etwas Öl

Zubereitungszeit: 50–60 Minuten

Zubereitung:

1. Die Zwiebel schälen, fein hacken und in einem Topf mit Öl glasig dünsten.
2. Hackfleisch hinzufügen und anbraten.
3. Kartoffeln und Möhren waschen, schälen und in Würfel schneiden. Beides mit in den Topf geben.
4. Erbsen mit in den Topf geben und mit Gemüsebrühe ablöschen. Paprikapulver und Tomatenmark unterrühren und für 30–40 Minuten köcheln lassen.

123. Tortellini-Eintopf mit Gemüse

Zutaten für 4 Portionen:

- 350 g Brokkoli
- 300 g Blumenkohl
- 400 g Tortellini mit Ricotta-Spinat-Füllung
- 2 Möhren
- 200 g Zuckerschoten
- 100 g Mais
- 100 g Erbsen
- 750 ml Gemüsebrühe
- Salz und Pfeffer

Zubereitungszeit: 25–30 Minuten

Zubereitung:

1. Brokkoli und Blumenkohl waschen und die Röschen abtrennen. Möhren schälen und in Scheiben schneiden. Zuckerschoten putzen und halbieren.
2. Gemüsebrühe in einem Topf aufkochen lassen, Blumenkohl, Möhren und Brokkoli hinzufügen und für 6–8 Minuten garen.
3. Restliche Zutaten hinzufügen und weitere 2–3 Minuten kochen lassen, bis die Tortellini oben schwimmen. Mit Salz und Pfeffer abschmecken.

124. Käsesuppe mit Tortellini

Zutaten für 4 Portionen:

- 200 g Frischkäse
- 200 g Schmelzkäse
- 300 ml Milch
- 250 g Tortellini mit Käse
- 1 Zwiebel
- 1 Knoblauchzehe
- Salz und Pfeffer
- 1 Prise Zucker
- Etwas Öl

Zubereitungszeit: 20 Minuten

Zubereitung:

1. Knoblauch und Zwiebel schälen und fein würfeln. In einem Topf mit Öl kurz anschwitzen. Milch und Käse hinzugeben und aufkochen lassen. 5 Minuten köcheln lassen und anschließend pürieren.
2. Suppe wieder auf den Herd stellen, die Tortellini hinzufügen und weitere 5 Minuten köcheln lassen.
3. Mit Salz, Pfeffer und Zucker abschmecken.

125. Lasagne-Suppe

Zutaten für 4 Portionen:

- 400 g Rinderhack
- 200 g Knollensellerie
- 1 Stange Lauch
- 2 Möhren
- 1 Dose stückige Tomaten
- 750 ml Gemüsebrühe
- 1 EL Tomatenmark
- 100 g Lasagneplatten
- 75 g Crème fraîche
- 30 g Parmesan
- Paprikapulver (edelsüß)
- Salz und Pfeffer
- Etwas Öl

Zubereitungszeit: 30 Minuten

Zubereitung:

1. Lauch waschen, in der Länge halbieren und in dünne Scheiben schneiden. Sellerie und Möhren waschen, schälen und würfeln.

2. Etwas Öl in einem Topf erhitzen und das Hackfleisch darin anbraten. Gemüse hinzufügen und einige Minuten anbraten. Tomatenmark einrühren und würzen. Stückige Tomaten und Gemüsebrühe hinzufügen und 5 Minuten köcheln lassen.

3. Lasagneplatten zerbrechen und zur Suppe geben. 10 Minuten köcheln lassen. Suppe mit Parmesan und Crème fraîche garnieren.

Süße Gerichte

126. Süße Schupfnudeln mit Apfelmus

Zutaten für 2 Portionen:

- 280 g Schupfnudeln
- 200 g Apfelmus
- Zimt
- 1 EL Zucker
- Etwas Butter

Zubereitungszeit: 5 Minuten

Zubereitung:

1. Die Schupfnudeln mit etwas Butter in einer Pfanne anbraten.
2. Zucker mit in die Pfanne geben und leicht karamellisieren lassen. Zimt hinzufügen.
3. Mit Apfelmus servieren.

Tipp: Zimt hat eine entzündungshemmende Wirkung und kann Verdauungsproblemen entgegenwirken.

127. Süße Toasts

Zutaten für 2 Portionen:

- 2 Scheiben Toastbrot
- 1 Ei
- 1 EL Zucker
- 1 EL Milch
- 1 EL Butter
- Beeren
- Etwas Schokosoße

Zubereitungszeit: 10 Minuten

Zubereitung:

1. Toast in Scheiben schneiden. Ei, Zucker und Milch miteinander vermischen und den Toast darin wenden.
2. Butter in einer Pfanne schmelzen und die Toastscheiben darin anbraten.
3. Die Beeren waschen und, wenn nötig, zerkleinern. Die Toastscheiben mit etwas Schokosoße beträufeln und mit dem Obst servieren.

128. Lebkuchen-Knödel

Zutaten für 2 Portionen:

- 150 g Lebkuchen
- 100 ml Milch
- 1 Ei
- Salz
- Kirschkompott

Zubereitungszeit: 60 Minuten

Zubereitung:

1. Die Lebkuchen sehr fein hacken. Milch erhitzen und darüber gießen. 30 Minuten quellen lassen.
2. Ei und Salz mit der gequellten Knödelmasse vermischen und kleine Knödel daraus formen.
3. In einem Topf Wasser erhitzen und die Knödel darin für 15–20 Minuten ziehen lassen.
4. Knödel mit dem Kirschkompott servieren.

129. Süße Nudeln mit Joghurt

Zutaten für 2 Portionen:

- 130 g Nudeln
- 120 g Naturjoghurt
- 50 g Erdbeeren
- Brauner Zucker
- 1 EL Butter

Zubereitungszeit: 20 Minuten

Zubereitung:

1. Die Nudeln nach Packungsanweisung kochen.
2. Nudeln abgießen. Butter in einer Pfanne schmelzen und die Nudeln kurz anbraten.
3. Zucker über die Nudeln geben und leicht karamellisieren.
4. Die Erdbeeren waschen und in Würfel schneiden.
5. Erdbeeren mit dem Joghurt mischen und mit den Nudeln servieren.

Tipp: Erdbeeren stärken die Leistungsfähigkeit von Augen, Herz und Muskeln.

130. Ofenpfannkuchen

Zutaten für 2 Portionen:

- 250 g Mehl
- 600 ml Milch
- 2 Eier
- 3 EL Zucker
- 1 EL Butter
- 1 Prise Salz

Zubereitungszeit: 35–40 Minuten

Zubereitung:

1. Alle Zutaten in einer Schüssel miteinander vermischen.
2. Ein Backblech einfetten und den Teig darauf gießen.
3. Bei 200 °C Ober-/Unterhitze 25–30 Minuten backen. Die Pfannkuchen in beliebig große Stücke schneiden.

Tipp: Die Pfannkuchen werden besonders fluffig, wenn Sie 200 ml Milch durch Mineralwasser ersetzen.

131. Quarkkeulchen

Zutaten für 2 Portionen:

- 4 EL Mehl
- 2 EL Zucker
- 1 EL Grieß
- 1 Ei
- Etwas Zitronensaft
- 250 g Quark
- Zimt-Zucker
- Gemischte Beeren
- Öl für die Pfanne

Zubereitungszeit: 30–40 Minuten

Zubereitung:

1. Alle Zutaten bis auf Zimt-Zucker und die Beeren in einer Schüssel miteinander vermischen.
2. Ausreichend Öl in einer Pfanne erhitzen und kleine Quarkkeulchen nacheinander darin ausbacken. Sie portionieren die Quarkkeulchen am besten mit zwei Esslöffeln.
3. Die Beeren waschen und gegebenenfalls zerkleinern.
4. Quarkkeulchen mit Zimt-Zucker servieren.

132. Süße Brötchen

Zutaten für 2 Portionen:

- 150 g Mehl
- 125 g Quark
- 40 ml Öl
- 25 ml Milch
- 50 g Zucker
- ½ Pck. Backpulver
- ½ Apfel
- 2 EL Schokotröpfchen

Zubereitungszeit: 30–35 Minuten

Zubereitung:

1. Den Apfel schälen und in sehr feine Würfel schneiden.
2. Alle Zutaten bis auf die Schokotropfen und Apfelwürfel miteinander vermischen.
3. Apfelwürfel und Schokotröpfen unterheben.
4. Kleine Brötchen formen und mit etwas Milch bepinseln. Bei 180 °C Umluft für 15–20 Minuten backen.

133. Schnelle Bananen-Pfannkuchen

Zutaten für 2 Portionen:

- 1 sehr reife Banane
- 2 Eier
- 100 g Mehl
- 1 EL Erdnussbutter
- ½ TL Backpulver
- 100 g Joghurt
- Einen Schuss Mineralwasser
- Etwas Öl

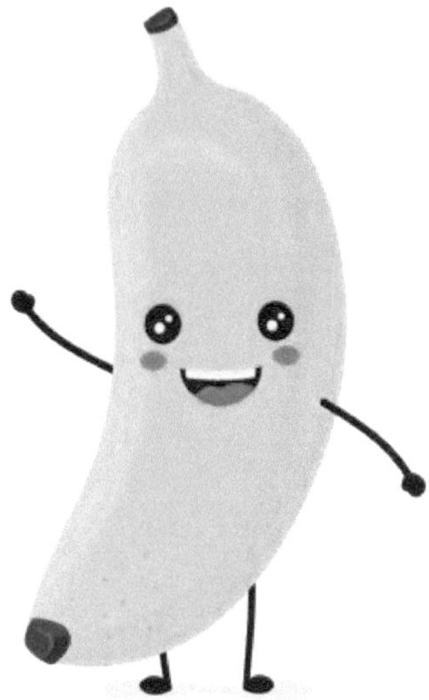

Zubereitungszeit: 20 Minuten

Zubereitung:

1. Banane in einer Schüssel mit einer Gabel zerdrücken.
2. Erdnussbutter, Joghurt und die Eier hinzufügen und alles vermischen. Mehl mit Backpulver verrühren und mit in die Schüssel geben. Falls der Teig zu fest ist, einen Schuss Mineralwasser hinzugeben.
3. Öl in einer Pfanne erhitzen und kleine Pancakes ausbacken.

134. Maisbrei

Zutaten für 2 Portionen:

- 500 ml Milch
- 70 g Maisgrieß
- 2 EL Zucker
- Mark einer Vanilleschote
- Zimt-Zucker

Zubereitungszeit: 25 Minuten

Zubereitung:

1. Milch, Zucker, Maisgrieß und das Mark der Vanilleschote in einem Topf vermischen und unter Rühren aufkochen lassen.
2. Den Topf vom Herd nehmen und mit Deckel 15 Minuten quellen lassen.
3. Mit Zimt-Zucker servieren.

Tipp: Etwas gesünder wird der Maisbrei, wenn Sie den Zucker durch Honig oder Xylit ersetzen.

135. Quarkknödel

Zutaten für 4 Portionen:

- 500 g Magerquark
- 180 g Nockerlgrieß
- 400 ml Mandelmilch
- 3 Eier
- 3 EL Zucker
- 1 Pck. Vanillinzucker
- 1 Prise Salz

Zubereitungszeit: 60 Minuten

Zubereitung:

1. Zucker und Eier miteinander vermischen. Anschließend Gries und Quark unterrühren.
2. Milch, Vanillinzucker und Salz zusammen aufkochen lassen. Die Milchmasse in eine Auflaufform gießen.
3. Aus der Grießmasse kleine Knödel formen und die Grießknödel in die Milch geben.
4. Im vorgeheizten Backofen bei 160 °C Umluft 30 Minuten backen. Die Auflaufform dabei mit Alufolie abdecken.
5. Folie entfernen und für weitere 15 Minuten backen.

136. Couscousbrei

Zutaten für 3 Portionen:

- 150 g Couscous
- 450 ml Buttermilch
- 1 Apfel
- 2 EL Rosinen
- 1 EL Agavendicksaft
- 2 sehr reife Bananen
- 1 EL Zucker
- Zimt nach Geschmack

Zubereitungszeit: 30 Minuten

Zubereitung:

1. Buttermilch zusammen mit dem Agavendicksaft aufkochen lassen. Den Couscous einrühren und nach Packungsanweisung quellen lassen.
2. Apfel waschen, schälen, entkernen und fein reiben. Zusammen mit den Rosinen unter den Couscous heben.
3. Bananen mit einer Gabel zerdrücken und unter den Couscous mischen. Couscous mit Zimt und Zucker servieren.

137. Couscouspfannkuchen

Zutaten für 2 Portionen:

- 75 g Couscous
- 2 Eier
- 75 g Mehl
- 125 g Joghurt
- 1 EL Zucker
- 1 Bio-Limette
- 150 ml Wasser
- 150 g Blaubeeren
- Salz
- Etwas Butter

Zubereitungszeit: 20 Minuten

Zubereitung:

1. Schale von der Limette abreiben und auspressen. Schale und Saft mit Couscous und 150 ml Wasser mischen.
2. Eier trennen. Eiweiß mit einer Prise Salz steif schlagen. Eigelb mit Mehl und Joghurt mischen.
3. Eischnee, Couscousmasse und Mehlmischung miteinander vermengen. Die Beeren unterheben.
4. Butter in einer Pfanne schmelzen und den Teig hineingießen. Zugedeckt bei mittlerer Hitze anbacken lassen und wenden. Teig halbieren und auf zwei Tellern servieren.

138. Möhren-Pancakes

Zutaten für 2 Portionen:

- 1 kleine Möhre
- 100 g Süßkartoffel
- 2 EL brauner Zucker
- 2 Eier
- 110 g Dinkelmehl
- 190 ml Milch
- ½ TL Backpulver
- Etwas Öl

Zubereitungszeit: 40–45 Minuten

Zubereitung:

1. Süßkartoffel schälen und in Würfel schneiden. In einen Topf geben und ca. 20 Minuten weichkochen.
2. In der Zwischenzeit die Möhre schälen und fein reiben.
3. Kartoffelwürfel mit Möhren mischen. Eier, Zucker und Milch hinzufügen und unterrühren. Es sollte eine einigermaßen glatte Masse entstehen.
4. Backpulver und Mehl vermischen und zu den übrigen Zutaten geben.
5. Etwas Öl in einer Pfanne erhitzen und Pfannkuchen darin ausbacken.

139. Bananenbrot

Zutaten für 1 Brot:

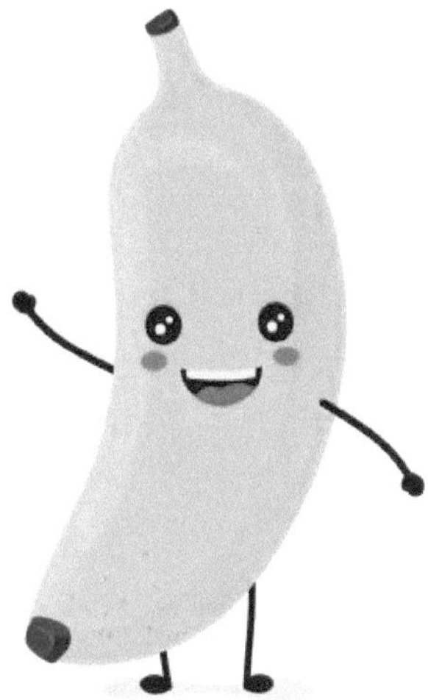

- 3 sehr reife Bananen
- 2 Eier
- 100 g Dinkelmehl
- 100 g gemahlene Mandeln
- 50 g Schokodrops (Zartbitter)
- 100 g Blaubeeren
- 80 ml Öl
- 100 g brauner Zucker
- 1 ½ Pck. Backpulver
- 1 Pck. Vanillinzucker
- Salz
- Zimt
- Etwas Butter

Zubereitungszeit: 65–75 Minuten

Zubereitung:

1. Bananen in einer Schüssel mit einer Gabel zerdrücken. Öl, Eier, Mehl, gemahlene Mandeln, Backpulver, eine Prise Salz, etwas Zimt und Zucker zu den Bananen geben und alles zu einer homogenen Masse vermischen.
2. Blaubeeren waschen und mit den Schokodrops unter die Masse heben. Eine Kastenform mit Butter einfetten und den Teig hineingießen. Im vorgeheizten Backofen bei 160 °C Umluft 50–60 Minuten backen.

140. Süßes Blaubeeromelette

Zutaten für 2 Portionen:

- 4 Eier
- 60 g Magerquark
- 80 g Blaubeeren
- 2 EL Zucker
- 1 TL Öl
- Salz

Zubereitungszeit: 20–25 Minuten

Zubereitung:

1. Eier trennen. Eiweiße mit einer Prise Salz steif schlagen. Eigelbe mit Quark und Zucker mischen.
2. Eischnee unter die Quarkmasse heben. Gewaschene Blaubeeren unterheben.
3. Eine feuerfeste Pfanne, alternativ eine Auflaufform, mit Öl einfetten und die Masse hineingießen.
4. Im vorgeheizten Backofen bei 180 °C Ober-/Unterhitze für 12–15 Minuten backen.
5. Die Masse halbieren und auf zwei Tellern servieren.

141. Schoko-Omelette mit Himbeerquark

Zutaten für 2 Portionen:

- 2 sehr reife Bananen
- 1 EL Backkakao
- 3 Eier
- 150 g Quark
- 1 EL Honig
- 100 g Himbeeren

Zubereitungszeit: 25–35 Minuten

Zubereitung:

1. Bananen mit Eiern und Backkakao pürieren.
2. Eine Springform mit Backpapier auslegen und die Eimasse hineingeben.
3. Im vorgeheizten Backofen bei 200 °C Ober-/Unterhitze für 20–25 Minuten backen.
4. In der Zwischenzeit Honig mit Quark und Himbeeren vermischen.
5. Das gebackene Omelette halbieren und mit dem Quark servieren.

142. Backed Oatmeal mit Apfel

Zutaten für 3 Portionen:

- 130 g Haferflocken
- 1 Ei
- 6 EL Apfelmark
- 1 Apfel
- Zimt
- ½ TL Backpulver
- 250 ml Milch
- 2 EL brauner Zucker
- Öl zum Einfetten

Zubereitungszeit: 50 Minuten

Zubereitung:

1. Den Apfel schälen, entkernen und würfeln.
2. Haferflocken mit Milch, Ei, Apfelmark, Backpulver und Zimt vermischen. Apfelstücke unterheben.
3. Eine Auflaufform einfetten und die Masse hineingeben. Im vorgeheizten Backofen bei 200 °C Umluft 25 Minuten backen.
4. Zucker über die Masse geben und weitere 15 Minuten backen.

Tipp: Verwenden Sie am besten eine pflanzliche Milch.

143. Waffeln

Zutaten für 2 Portionen:

- 30 g Haferflocken
- 200 g Magerquark
- 2 Eier
- 2 Pfirsiche
- Schokosoße
- 1 Pck. Vanillinzucker
- 2 EL Zucker
- Öl

Zubereitungszeit: 20 Minuten

Zubereitung:

1. Haferflocken im Mixer zerkleinern. Eier trennen. Eigelbe, Haferflocken, Zucker und 120 g Magerquark hinzufügen.
2. Eiweiße steif schlagen und unterheben.
3. Einen Pfirsich kleinschneiden und mit dem Quark pürieren. Pfirsichquark ebenfalls unterheben.
4. Ein Waffeleisen einfetten und nacheinander Waffeln ausbacken.
5. Den zweiten Pfirsich schneiden und mit der Schokosoße zu den Waffeln servieren.

144. Reisflockenpudding

Zutaten für 2 Portionen:

- 500 ml Milch
- 250 ml Sahne
- 2 EL Honig
- 120 ml Orangensaft
- 100 g Reisflocken
- 1 Prise Salz

Zubereitungszeit: 25 Minuten

Zubereitung:

1. Milch in einen Topf geben, die Reisflocken, Honig und Salz hinzufügen und aufkochen lassen.
2. 15 Minuten quellen lassen.
3. Sahne steif schlagen und unterheben. Vor dem Servieren mit Orangensaft übergießen.

Tipp: Ganz besonders gut schmeckt dieser Reispudding, wenn Sie frisch gepressten Orangensaft verwenden. Dieser ist zudem auch noch vitaminreicher.

145. Kaltschale

Zutaten für 2 Portionen:

- 100 g altes Brot
- 300 g gemischtes Obst nach Wahl
- 500 ml Wasser
- 1 Prise Zucker

Zubereitungszeit: 2 Stunden 20 Minuten

Zubereitung:

1. Das Brot 2 Stunden in Wasser einweichen.
2. Das Obst in der Zwischenzeit kleinschneiden.
3. Brot, Wasser und Obst aufkochen lassen, pürieren und etwas zuckern.

Tipp: Für dieses Rezept eignen sich klassisch verschiedene Beeren am besten.

146. Milchreis

Zutaten für 2 Portionen:

- 125 g Milchreis
- 500 ml Milch
- 1 TL Butter
- 2 EL Zucker
- Zimt
- Apfelmark

Zubereitungszeit: 40–45 Minuten

Zubereitung:

1. Die Butter in einem Topf erhitzen und den Reis darin kurz anrösten. Milch und Zucker hinzufügen und vermischen.
2. Alles unter Rühren aufkochen lassen.
3. Vom Herd nehmen und 30 Minuten mit geschlossenem Deckel quellen lassen.
4. Milchreis mit Zimt, etwas Zucker und Apfelmark servieren.

Tipp: Sie können das Apfelmark auch durch zum Beispiel Kirschkompott ersetzen.

147. Pfannkuchen

Zutaten für 2 Portionen:

- 200 g Dinkelmehl
- 375 ml pflanzliche Milch
- 2 Eier
- Einen Schuss Mineralwasser
- Butter für die Pfanne
- 1 Prise Salz

Zubereitungszeit: 20–30 Minuten

Zubereitung:

1. Alle Zutaten bis auf die Butter mit einem Handrührgerät verrühren.
2. Die Butter in einer Pfanne schmelzen und mit einer Suppenkelle etwas Teig in die Pfanne geben.
3. Den Teig anbacken lassen und dann einmal wenden.
4. Die Pfannkuchen nach Belieben garnieren, zum Beispiel mit frischem Obst, Quark oder Schokoaufstrich.

148. Milchnudeln

Zutaten für 2 Portionen:

- 130 g Nudeln
- 620 ml Milch
- 1 EL Zucker
- Zimt

Zubereitungszeit: 10–15 Minuten

Zubereitung:

1. Die Nudeln mit der Milch zum Kochen bringen und 10 Minuten garen.
2. Zimt und Zucker einrühren und servieren.

Tipp: Dieses Gericht eignet sich gut zum Vorkochen, da es auch kalt mit etwas Obst schmeckt.

149. Schupfnudeln mit Mohn

Zutaten für 2 Portionen:

- 200 g Schupfnudeln
- 1 EL Butter
- 50 g Mohn
- 2 EL Puderzucker

Zubereitungszeit: 10 Minuten

Zubereitung:

1. Butter in einer Pfanne schmelzen lassen und die Schupfnudeln darin rundherum anbraten.
2. Zucker hinzufügen und leicht karamellisieren lassen.
3. Mohn mit in die Pfanne geben und servieren.

Tipp: Mohn hat eine beruhigende und schmerzlindernde Wirkung.

150. Gebackene Apfelringe

Zutaten für 2 Portionen:

- 60 g Mehl
- Saft einer halben Zitrone
- 1 EL Puderzucker
- 4 Äpfel
- 2 Eier
- 1 Prise Salz
- Zimt
- Öl zum Ausbacken

Zubereitungszeit: 30 Minuten

Zubereitung:

1. Äpfel schälen und das Kerngehäuse entfernen. Die Äpfel in ca. 1 cm dicke Scheiben schneiden.
2. Zimt und Zitronensaft vermischen und die Apfelscheiben damit beträufeln.
3. Eier mit Mehl, Puderzucker und Salz vermischen.
4. Apfelscheiben in der Mehlmischung wenden.
5. Reichlich Öl in einer Pfanne hoch erhitzen und die Apfelscheiben darin ausbacken.
6. Mit etwas Puderzucker bestäuben.

Schlusswort

Wir hoffen Ihrem Kleinkind schmecken unsere 150 leckeren und nahrhaften Rezepte und wünschen guten Appetit und ein glückliches und gesundes Aufwachsen!

Weitere Kochbücher von den Rezepte Profis

Suchen Sie nach weiteren leckeren, gesunden Gerichten? Dann empfehlen wir Ihnen unsere anderen Kochbücher mit 150 vielfältigen Rezepten!

https://www.amazon.de/dp/B0884CHYQQ

Babybrei Rezepte Kochbuch: Babynahrung selbst gemacht mit 150 nahrhaften und leckeren Rezepten für ein gesundes Aufwachsen. Das Beikost Rezeptbuch für eine vielseitige Baby Ernährung im ersten Jahr

ISBN-13: 979-8642839188

https://www.amazon.de/dp/B0884CHYQQ

Babybrei Rezepte Kochbuch: Babynahrung selbst gemacht mit 150 nahrhaften und leckeren Rezepten für ein gesundes Aufwachsen. Das Beikost Rezeptbuch für eine vielseitige Baby Ernährung im ersten Jahr

ISBN-13: 979-8642839188

https://www.amazon.de/dp/1699682313

Low Carb für Berufstätige: Das Kochbuch mit 150 schnell gemachten leckeren Rezepten! Gesunde Ernährung zum Abnehmen für effektive Fettverbrennung inkl. 30 Tage Ernährungsplan + Nährwertangaben

ISBN-13: 978-1699682319

https://www.amazon.de/dp/1791690777

Smoothies zum Abnehmen: Die 150 besten und leckersten Smoothie Rezepte in einem Buch! Gesund Abnehmen, Entschlacken und Entgiften leicht gemacht, für mehr Energie im Alltag (inkl. Nährwertangaben)

ISBN-13: 978-1791690779

https://www.amazon.de/dp/179783830X

Zuckerfreie Ernährung: Zuckerfrei leben mit den 150 besten zuckerfreien Rezepten für das Kochen ohne Zucker. Zuckersucht beenden durch gesunde Ernährung - Inkl. gesunde Süßigkeiten + Nähwertangaben

ISBN-13: 978-1090155665

--

https://www.amazon.de/dp/1793817952

Low Carb Kochbuch: Die 150 besten Rezepte für eine gesunde Ernährung! Abnehmen ohne Hunger und Fett verbrennen am Bauch leicht gemacht (inkl. 30 Tage Diät Ernährungsplan + Nährwertangaben)

ISBN-13: 978-1793817952

https://www.amazon.de/dp/1090155662

Dampfgarer Kochbuch: Die 150 besten Rezepte für gesundes Dampfgaren. Schonendes Garen mit Dampf im Steamer – Leckere und gesunde Gerichte für die schnelle Küche (inkl. Nähwertangaben)

ISBN-13: 978-1090155665

https://www.amazon.de/dp/1794511075

Vegan Kochbuch: Die 150 besten veganen Rezepte für eine vegetarische und vegane Ernährung. Abnehmen und gesund leben leicht gemacht. Inkl. indisch und asiatisch kochen mit Superfood + Nährwertangaben

ISBN-13: 978-1794511071

https://www.amazon.de/dp/1686031858

Ketogene Ernährung: Das Kochbuch mit 150 leckeren Rezepten für eine effektive Keto Diät. Zuckerfrei gesund abnehmen - Optimal gegen Diabetes und Krebs inkl. 14 Tage Ernährungsplan + Nährwertangaben

ISBN-13: 978-1686031854

https://www.amazon.de/dp/173084751X

Kontaktgrill Rezepte: Das Kochbuch mit 150 Rezepten für den Kontaktgrill! Leckere vielfältige Gerichte und alles, was Sie über den Kontaktgrill wissen müssen (inkl. Nährwertangaben)

ISBN-13: 978-1730847516

https://www.amazon.de/dp/1790589444

Heißluftfritteuse Rezepte: Das Kochbuch mit 150 Rezepten für die Heißluftfritteuse. Leckere vielfältige Gerichte für den Airfryer - Gesund kochen und frittieren ohne Öl (inkl. Nährwertangaben)

ISBN-13: 978-1790589449

https://www.amazon.de/dp/1731340168

Dutch Oven Rezepte: Das Kochbuch mit 150 Rezepten für die Outdoor Küche! Ob draußen beim Camping, am Lagerfeuer oder Zuhause. Mit dem Black Pot einfach und lecker kochen (inkl. Nährwertangaben)

ISBN-13: 978-1731340160

https://www.amazon.de/dp/1070440132

Sous Vide Kochbuch: Die 150 besten Rezepte für das schonende Garen im Vakuum. Perfektes Fleisch, Steak, vegetarische und vegane Gerichte für maximalen Geschmack und gesunde Ernährung + Nährwertangaben

ISBN-13: 978-1070440132

https://www.amazon.de/dp/1702182126/

Ketogene Ernährung Vegetarisch: Vegetarisches Kochbuch mit 150 leckeren ketogenen Rezepten für eine erfolgreiche Keto Diät. Zuckerfrei gesund abnehmen inkl. 14 Tage Ernährungsplan + Nährwertangaben

ISBN-13: 978-1702182126

https://www.amazon.de/dp/1672169542

Plätzchen Backbuch: Kekse backen mit den 150 leckersten und kreativsten Rezepten! Cookies, Biscuits, Weihnachtskekse, Shortbread und vieles mehr! Köstliche Süßigkeiten für jeden Anlass und Jahreszeit

ISBN-13: 978-1672169547

https://www.amazon.de/dp/1658561007

Mediterrane Küche Kochbuch: 150 Rezepte für eine leckere gesunde Ernährung mit der Mittelmeer-Diät. Von Fisch und Fleisch bis vegetarisch und vegan - Italienische Küche bis Marokko + Nährwertangaben

ISBN-13: 978-1658561006

https://www.amazon.de/dp/B0848P31T4
Muskelaufbau Kochbuch: Die 150 besten Fitness Rezepte für ein optimales Krafttraining und gesunde Ernährung. Effektives Bodybuilding & Fettverbrennung mit 30 Tage Ernährungsplan + Nährwertangaben
ISBN-13: 979-8604649688

https://www.amazon.de/dp/B08WV3PRPV
Grüne Smoothies Rezepte: 150 leckere und nährstoffreiche Detox Rezepte zum Abnehmen, entgiften und für mehr Energie im Alltag! Gesundes Saftfasten inkl 3 Saftkur Pläne für je 5 Tage + Nährwertangaben
ISBN-13: 979-8710853856

https://www.amazon.de/dp/B08T6VXGQ5

Schnelle Küche Kochbuch: 150 leckere schnelle Rezepte mit nur 5 Zutaten. Für Anfänger, Berufstätige und die ganze Familie für jede Tageszeit! Gesunde Ernährung leicht gemacht inkl. Nährwertangaben

ISBN-13 : 979-8596556445

https://www.amazon.de/dp/B08MVWRCC5

Cocktail Rezepte Buch: Die 150 leckersten Cocktails für jeden Anlass und Geschmack! Gin, Whiskey, Caipirinha, alkoholfrei und mehr – Perfekte Drinks ganz einfach zu Hause mixen

ISBN-13: 979-8560800949

https://www.amazon.de/dp/B08PJGB37L

Brot Backbuch: Das Buch mit den 150 besten Rezepten zum Brot backen, Brötchen, Süßes und Low Carb. Kreative Kreationen mit und ohne Hefe, Sauerteig und Brotbackautomat – Inkl. Nährwertangaben

ISBN-13: B08PJGB37L

https://www.amazon.de/dp/B08T6PBDSP

Sirtfood Diät Kochbuch: Die 150 besten und leckersten Rezepte zum einfachen Abnehmen mit Sirtfood. Gesunde Gerichte für jede Tageszeit inkl. 30 Tage Sirtuin Ernährungsplan + Nährwertangaben

ISBN-13: 979-8595691055

Rechtliches

Impressum

Rezepte Profis wird vertreten durch:

Noma Commerce GmbH
Stresemannstraße 84
22769 Hamburg

Coverbilder:
Elena Veselova, nesavinov, Slawomir Fajer, Natalia Klenova, New Africa | shutterstock.com

Haftung für externe Links

Das Buch enthält Links zu externen Webseiten Dritter, auf deren Inhalt der Autor keinen Einfluss hat. Deshalb kann für die Inhalte externer Inhalte keine Gewähr übernommen werden. Für die Inhalte der verlinkten Webseiten ist der jeweilige Anbieter oder Betreiber der Webseite verantwortlich. Die verlinkten Seiten wurden zum Zeitpunkt der Verlinkung auf mögliche Rechtsverstöße überprüft. Rechtswidrige Inhalte waren zum Zeitpunkt der Verlinkung nicht erkennbar. Eine permanente inhaltliche Kontrolle der verlinkten Webseiten ist jedoch ohne konkrete Anhaltspunkte einer Rechtsverletzung nicht zumutbar. Bei Bekanntwerden von Rechtsverletzungen werden derartige Links umgehend entfernt.

Printed in Poland
by Amazon Fulfillment
Poland Sp. z o.o., Wrocław

87473866R00107